U0622999

爱上阅读·中小学生晨读精品选

高长梅　许高英　主编

Gan dong

感动

De gou shi

汤礼春 著 的 狗事

九 州 出 版 社
JIUZHOUPRESS ｜全国百佳图书出版单位

图书在版编目（CIP）数据

感动的狗事 / 汤礼春著. -- 北京：九州出版社,2014.10
（2021.7重印）

（爱上阅读：中小学生晨读精品选 / 高长梅，许高英主编）

ISBN 978-7-5108-2851-5

Ⅰ.①感… Ⅱ.①汤… Ⅲ.①中国文学 – 当代文学 – 作品
综合集 Ⅳ.①I217.2

中国版本图书馆CIP数据核字（2014）第253776号

感动的狗事

作　　者　汤礼春　著

出版发行　九州出版社

地　　址　北京市西城区阜外大街甲35号（100037）

发行电话　（010）68992190/3/5/6

网　　址　www.jiuzhoupress.com

电子信箱　jiuzhou@jiuzhoupress.com

印　　刷　北京一鑫印务有限责任公司

开　　本　720毫米×1000毫米　16开

印　　张　9.5

字　　数　155千字

版　　次　2015年5月第1版

印　　次　2021年7月第4次印刷

书　　号　ISBN 978-7-5108-2851-5

定　　价　36.00元

★ 版权所有　　侵权必究 ★

阅读随想（代序）

爱上阅读。阅读能使我们进一步获取智慧,获取解决问题的方法与能力。

微信中,有一篇叫《读书的十大好处》的文章流传颇广。它概括的所谓十大好处独树一帜:1.养静气,去躁气;2.养雅气,去俗气;3.养才气,去迂气;4.养朝气,去暮气;5.养锐气,去惰气;6.养大气,去小气;7.养正气,去邪气;8.养胆气,去怯气;9.养和气,去霸气;10.养运气,去晦气。

微信中,还有一篇文章也被大量转发,叫《读书是最好的美容》。文章认为,"人通过读书,在幽幽书香潜移默化的熏陶下,浊俗可以变为清雅,奢华可以变为淡泊,促狭可以变为开阔,偏激可以变为平和"。的确,打开书,便打开了一扇面对世界的窗口,你读天,无际的长天予你灵性;你读地,宽厚的大地赠你理性。打开书,便打开了一面审视生命的镜子,那扑面而来的真善美令人陶醉。

还是微信中的一篇文章,叫《通过阅读解决自己的困惑》。文章认为,阅读不能仅仅是小清新、轻口味、品时尚的浅阅读,有时还得"重口味"。阅读即要脚踏实地,要观看现实,了解人类文化的百态,知识的种种。但是只看"大地"那是不够的,还需要仰望星空,还要读读诸如《论语》、

《庄子》之类的书,以加深我们对人性的理解且不丧失对智慧的信心。

再引用著名作家王蒙先生2013年9月发表在《人民日报》上的《"攻读"的日子哪里去了》中的一段话:离开了阅读,只有浏览与便捷舒适的扫描,以微博代替书籍,以段子代替文章,以传播代替学识,以表演代替讲解,将会逐渐使人们精神懒惰,习惯于平面地、肤浅地接受数量巨大、获得廉价、包含着大量垃圾赝品毒素的所谓信息,丧失研读能力、切磋能力、求真求深的使命与勇气,以至连讨论追究的习惯也不见了,苦思冥想的能力与乐趣也没有了,连智力游戏的水准也降到幼儿级别以下了。这样下去,我们会空心化、浅薄化与白痴化,我们的宝贵的头脑的皱褶将渐渐平滑,我们的"灵"的思辨思维功能将渐渐萎缩,而我们的大脑将只剩下海量获得八卦式的信息然后平面地记忆下来、转销出去的"肉"的能力。

杨绛说得更好:读书正是为了遇见更好的自己。读书到了最后,是为了让我们更宽容地去理解这个世界有多复杂。

爱上阅读。阅读提升我们的素养,阅读最终将改变我们的人生。

第一辑 **小说**

第二辑 散文随笔

第三辑 **动物小故事**

第四辑 **寓言**

第一辑
小说

　　"这……这……"老人有些支支吾吾了，他垂着头沉吟了片刻，又抬起头看着贝切尔道，"我没有想到会在这地方恰巧遇到你这位高人！这是天意啊！"

动物学家贝切尔的故事

1. 贝切尔的鹦鹉

托马斯虽然只有三十岁,但已经是个惯偷了,他每次下手,都是找那些独门独户的小别墅,这一般都是中产阶层,一来既不会有高科技的防范及报警措施;二来也会偷有所得。每次下手前,托马斯都要事先侦察打探一番,确认主人出门在外,才大胆地翻墙撬门入室。托马斯干这一行已经七八年了,居然一次都没失手,他为此很有些自鸣得意。

这一天,托马斯决定对一个叫贝切尔的老先生家里下手了,因为他事先侦察到每个月的这一天,贝切尔都要载着妻子去另一个城市看望女儿,傍晚才能回来。这个贝切尔退休前据说是个动物专家,从他的住房到小车,都看得出是个殷实之家,去偷他一把,也就够自己花个一年半载的了。

待目送着贝切尔出门的小车消逝得无影无踪后,托马斯胸有成竹地钻进了贝切尔家的小院,撬开窗子,钻进屋里,他开始像在自己家里一样大摇大摆地,从这个房间窜到另个房间,寻找值钱的东西。蓦地,他眼睛一亮,他在贝切尔的书房发现了一个硕大的古瓶,他顿时欣喜若狂,因为同样的古瓶他在博物馆看到过,这是古埃及的古瓶,价值不说连城吧,起码也够自己快活地享用半辈子了。

虽然欣喜若狂,但托马斯并没有急切地去抱走它,他还要观察,看那古瓶周围有没有机关。他凝神了良久,也没看出有什么机关,他终于走了过去,抱起古瓶。蓦地,他觉得手背上有一阵疼痛,他定眼一看,吓了一大跳,赶紧放下古瓶后退了几步,原来那古瓶里伸出一条蛇来,在他的手背上咬了一口。托马斯心想,这肯定是一条毒蛇,是贝切尔这个老东西有意用它来保护古瓶的。我当务之急是去医院处理伤口,等我处理完了,再来想办法对付这条毒蛇。

托马斯正要逃离贝切尔的家,这个时候,从高空传来一个声音:"你已经中毒了,有生命危险,只有贝切尔能救你,赶紧打电话16543727。"

托马斯吃了一惊,抬头一看,原来是一只鹦鹉。他害怕了,命总比坐牢要紧。他赶紧按鹦鹉说的,给贝切尔打了电话,贝切尔只在电话中说了一句:"你不要动,我马上会来救你!"

十来分钟后,就有汽车开到门口的声音,托马斯正诧异贝切尔先生怎么这么快就赶回来了,再抬头一看,进来的不是贝切尔,而是两个警察。

其中一个警察从一个小瓶里倒出一点药粉撒在托马斯的伤口上,说:"是贝切尔老先生打电话叫我们来救你,你应该感谢他!他每次出门,都要给我们留下钥匙和一小瓶药。原来是用意于此啊!"

这时,另外一个警察问托马斯:"你的伤口不疼了吧?!"

托马斯嘀咕道:"这老东西的药还真见效,一抹就不疼了。"

那警察便拿出副手铐道:"不疼了,那就把这戴上,你涉嫌入室盗窃罪,跟我们走吧!"

"完了!这次算是栽了!"托马斯一边伸出手去,一边叹道。

这时那鹦鹉冲着托马斯又开腔了:"宝贝,请记住我的救命之恩!"

托马斯坐了几年牢出来后,对那个让他坐牢的古瓶仍然念念不忘,他还想把它弄到手。他又开始了下手的准备,他甚至想到了许多对付那条毒蛇和那只鹦鹉的办法。

精心准备了好长时间,托马斯觉得时机成熟了。这一天,他趁贝切尔又离开家的时候,悄悄潜入了贝切尔家的小院。

撬开窗子翻进屋后,托马斯开始变得小心翼翼起来,他悄悄地走进书

房,见那个古瓶还在,他又是兴奋又是紧张,他掏出了一把无声手枪和一只能伸缩的铁钩,他把那铁钩伸展开来,先用它伸进古瓶口,一旦那毒蛇伸出头来,他就用无声手枪将它击毙。可他用铁钩去古瓶里探了一会儿,没见动静,他正感到蹊跷,一个声音开腔了:"它度假去了,你放心偷!"

托马斯吃了一惊,抬头一看,又是那只鹦鹉,他恨得正要开枪去打那只鹦鹉,那只鹦鹉躲到了一个铁架的背后,说:"我当你的朋友,我帮你。"

托尔斯半信半疑地问:"你为什么要帮我?"那只鹦鹉道:"他给蛇放假,不让我出去玩。"

托尔斯笑了,想不到鸟儿也会生气,也会有报复的心理。他正踌躇着该怎么办,那鹦鹉一下飞到了他的肩头说:"我喜欢你,你是个好汉。"

托马斯被鹦鹉夸得高兴起来,他问鹦鹉:"那古瓶还有没有什么机关?"

"没有,没有,你放心。"那鹦鹉讨好地说。说了,还怕托马斯不放心,又跳到古瓶上摇晃。

托马斯这才有些放心了,上前去抱起古瓶,果然没有什么意外发生。托马斯抱起古瓶就往外走,那鹦鹉又飞到他的肩膀上,说:"带上我,我可以帮你。"

托马斯本来有些犹豫,后来又一想:昨晚上在情妇那里睡觉时,情妇说平时比较寂寞,想养只猫或鸟玩。干脆把这只鹦鹉送给情妇,她见了这聪明会说话的家伙,肯定会高兴的,而且,带上这只家伙,在路上万一遇到警察,还可把这家伙当人质,警察可不敢向鸟开枪,在本城,射杀一只鸟,那可是要引起民众震怒的。

想到这里,托马斯对鹦鹉说:"好吧,你跟我走,可一路上不要多嘴,要敢多嘴,我就一枪打死你!"

鹦鹉俏皮地道:"我保证听话,我是一个乖孩子!"

托马斯把古瓶悄悄抱到院子里的花丛中,然后,去把小车开到院子门口,又悄悄把古瓶搬上车,那鹦鹉果然一声不吭地跟着他。

车载着古瓶和鹦鹉开动了,托马斯很是得意,想不到这次这么顺手,他一边开车,一边随着摇滚乐高兴得摇头晃脑。

一会儿，车子就开到了情妇家门口，托马斯对鹦鹉说："来吧，到家了。"

鹦鹉跟着他飞了过去。托马斯走进情妇家，对情妇说："宝贝，你看我给你带了个什么宝贝！"

那情妇还在眨眼之时，鹦鹉飞到她的跟前，对她说："夫人，你真可爱！"

她这才看清了是只鹦鹉，欢喜得不得了，说："这鹦鹉真聪明真可爱！"又上前抱住托马斯亲吻道："宝贝，你真好！"

托马斯和她亲热了一会儿，推开她道："我走了，手上还有事要处理，晚上再见！"

托马斯回到自己家，把古瓶藏好，就忙着打电话联系买主，打了几个电话，古瓶基本上定了买主，托马斯这才放松下来。他正想去洗个热水澡，好好放松一下，这时，他听见门铃响了，又听见是情妇喊门的声音，"这个时候就想和我上床？"托马斯嘀咕着，走过去把门打了开来，顿时，他傻眼了，情妇后面跟着两个警察。

"这是怎么回事？"托马斯厉声问情妇。

情妇撇着嘴说："这都怪你自己！送了这么一只聪明的鹦鹉给我！你前脚走，它后脚就从窗子里飞走了，把警察引来了，说你偷了他主人的古瓶，我没有办法，只有把警察带到你这儿来了！"

"嗨！还是栽在了这只鸟儿身上！"托马斯无可奈何地垂下了头。

2. 神奇复活

在这个美丽的小镇上，上帝又召去了一个人的灵魂，他的名字叫塞格尔。全镇的人都赶去为他下葬，也都知道了塞格尔的死因，是因为他丢失了他的传家宝——一块金牌。

三天前的清晨，塞格尔老先生一觉醒来，挂在他脖子上的护身符——一块金牌居然不翼而飞了。塞格尔顿时急得心脏病发作，一头栽倒在地。这块金牌是他家的传家宝，也是他的命根子啊！二百年前，他的祖先，这个家

族的独根苗,正遇上了南北战争,他就戴着这个金牌上的战场,结果这块金牌正好挡住了一颗子弹,使得他的祖先得以存活下来,他们这个家族才得以繁衍。所以他的家族视这块金牌为传家宝、命根子。丢了这样一件命根子宝贝的塞格尔老先生,在病榻上魂不守舍地等了三天,警察局都还没有一点破案的线索,叫他怎么不急火攻心。就这样,传来了塞格尔先生的讣告。

就在塞格尔下葬的那个晚上,在塞格尔的邻居家,动物学家贝切尔家的密室,塞格尔先生却躺在床上正在和贝切尔先生密谈。

这是怎么一回事?原来这一切都是按贝切尔的要求做的。

昨天晚上,当贝尔先生闻知他的邻居老友塞格尔病得奄奄一息时,连忙前往探视。当塞格尔在病床上见到贝切尔的到来,顿时如同见到救星般眼睛一亮,他挣扎着坐起来,握着贝切尔的手说:"求求你了,我的老朋友,求你去帮我把那块金牌找回来!再不找回来,我恐怕就只有在上帝那里去等你了!"

"警察局那边没有进展?"贝切尔问。

"别提那些废物了,三天了,居然连一点线索都没有。"塞格尔摇摇头道,又抬起头,用眼睛紧盯着贝切尔道:"我相信你能帮我把那块金牌找回来。"

"你怎么相信我呢?塞格尔先生,你急糊涂了吧?我可是个动物学家,而不是福尔摩斯啊!"

"我相信你有那个魔力,你有那么一群可爱的动物,什么案子你都能破的!"塞格尔虽气喘吁吁,但却毫不犹豫地说。

"好吧!老朋友,即使你不相信我,我也会尽力帮你的。其实,我昨晚就已经派我的那只神犬出马了,我叫它沿着你家的窗台追踪那个盗窃者的足迹,最后追踪到镇最东边的那个好吃懒做的铁弗尔家,我估计是那个铁弗尔盗去了。"贝切尔这才开口说了实话。

"那你赶紧报告给警察局去抓他呀!"塞格尔眼里有了一些兴奋。

"不要着急,塞格尔先生!"贝切尔将塞格尔抬起的肩头往枕头上按了按说,"我想过了,如果警察局去询问他,他把金牌藏起来,来个拒不承认怎么办？没有在现场抓住他的手脖子，又没见到赃物，就等于没有证据。再说，我担心，一旦警察开始怀疑他，他会把金牌悄悄扔到井里或湖里，那就全完了。"

"那你说怎么办呢？"塞格尔又着急地抬起了身子。

贝切尔又把他的身子按了按，说："老朋友，不要着急，我已想好了一个办法，就看你愿不愿意。"

"愿意，什么方法我都愿意！只要能找回那块金牌。"

"好！那就叫你家人连夜发讣告，宣布你已去了天堂，明天给你下葬，而你今夜就偷偷移到我家去住。"

"这……你搞的什么鬼名堂？"塞格尔有些疑惑。

"这你就不用细问了，反正到时帮你追回那块金牌就是了！"

"好吧，就依你的吧，老朋友。"塞格尔不再追问了。

就在塞格尔下葬的这天深夜，铁弗尔家的窗台下蓦地传来一声声似人似兽的怪叫声，令人毛骨悚然。铁弗尔壮着胆子爬了起来，灌下了半瓶白兰地，然后拿着一把猎枪出了门，他对着夜空喝道："谁在这里怪叫，站出来让老子瞧瞧，老子是生来不怕邪，不怕鬼的！"

他的话音刚落，从不远处的冬青丛中，跳出一个黑乎乎、毛茸茸的东西来。铁弗尔擦了擦眼睛看了看，好像是只猴，想走近看清楚些，那个怪兽又跟着后退，不让铁弗尔靠近，总是让铁弗尔看得模模糊糊。铁弗尔试着喝道："原来是只毛猴，滚远点，再惊吼怪叫，老子就宰了你！"

这当儿，那个怪东西开口了："我是塞格尔，专门拜访你来了！"

把个铁弗尔吓了一大跳，他努力地想了想，是塞格尔那东西的声音，可那样子分明像只猴呀！再说塞格尔今天不是下葬了吗？我是亲眼见他下葬的呀！

铁弗尔正在心惊肉跳地想着，这当儿，那怪东西又开口了："我猜你在想塞格尔不是去见上帝了吗？他怎么又突然开口说话了？又变成这副模样？我实话告诉你吧，铁弗尔，我是去了上帝那儿，见了我的祖先，我的祖先责怪

我把那块金牌丢了,我内疚,我难受,就去求上帝,上帝可怜我,明察秋毫,说是你拿去了,允许我附体在一只猿猴身上,来向你讨要,希望你明天将金牌交还到我家人手里。否则,等将来你去见了上帝,上帝也会谴责你,惩罚你的!"

铁弗尔听到这里吓得魂不附体,两腿打战,忙说:"金牌是我拿的,我明天就去交给你家里人! 求求你,在上帝面前帮我说说好话,就说我有忏悔之心!"

他的话音刚落,那只猿猴就钻进冬青丛中消逝了。

一会儿,那只猿猴出现在了贝切尔和塞格尔的面前。猿猴把怀抱的一个微型录音机交给了贝切尔,贝切尔打开录音机和塞格尔听了起来。

听到铁弗尔承认拿了金牌,愿意交还金牌时,塞格尔顿时兴奋得从床上坐了起来,捶着贝切尔道:"好你个老东西! 真是当代的福尔摩斯啊!"

贝切尔唤过来那只猿猴,抚着它的背说:"别忘了还有这猿先生的功劳啊! 明天,你给它买一筐香蕉谢谢它,它可是最喜欢吃巴拿马的香蕉!"

"我不是买一筐香蕉,而是要买十筐送给它。"塞格尔笑道。

第二天,塞格尔就在这小镇上复活了。

3. 海滨浴场里的怪人鱼

一个谈虎色变的消息正在这座海滨小城传开——海水浴场里钻进来一条怪人鱼,每天要勒索一个游泳者的生命。只有把小城博物馆那收藏的几十枚古金币,每天放一个在海水浴场中那个美人鱼雕塑的礁石下面,才能保住这海浴场的平安。

这条消息并非是空穴来风。今天清晨,海滨浴场上浮起了一具男尸,人们打捞上来一看,正是昨天傍晚在海滨浴场里神秘失踪的泰基米。泰基米身上没有任何的伤痕,而小城的人都知道泰基米的游泳技术在小城是一流的,他不可能是淹死的;经医生鉴定,他当时也没有抽筋或心脏病突然发作的迹象。随后,人们就在市政广场上发现了一张关于海里出了怪人鱼,怪人鱼索要金币的传单。

出了这样耸人听闻的大事,市长先生再也坐不住了,他当然不相信有关怪人鱼的传说。他当即召来了小城的警察局长,要他破案。警察局长也不相信有怪人鱼,他断定是那些图谋金币的人搞的鬼,他向市长保证一定要把那恶魔查出来。

警察局长决定具体从那张传单上查起,可那张传单在几个市民看过后就神秘地失踪了。警察局长只有把那几个看过传单的人传唤过来,他们回忆一致,那些索要金币的文字是打印在一张黄色纸页上的。

没有人书写的笔迹,黄色的纸又在这小城很普遍使用,线索就这样终止了,案情陷入了僵局。

然而海滨浴场里却空无一人,没有人敢下海了。这座小城平素的兴旺就是靠这里的海滨浴场,现在没有游客敢下海了,这座小城也就没有一点魅力了。市长先生面对冷冷清清的市容,急得一天三遍地召见警察局长,每次见面就狠狠地训斥他,警察局长窘迫之中,只有想了个办法,向全市市民宣布了那条怪人鱼是无稽之谈,是有人借泰基米的意外之死开了一个愚人节的玩笑。为了证明这一点,他警察局长愿意今天下午三点带头到海滨浴场去畅游一番。

市民们自然都关心海滨浴场的重新开放,到了下午三点,海滨浴场沙滩上,挤满了前往观看警察局长下海的市民。

警察局长为了以防万一,在腰中系了一支手枪,他在市长先生和众目睽睽之下下海了。他先在近海处游了十来分钟,海水平静得没有任何一点凶兆。警察局长向岸边的观众挥了挥手,开始向深处游去,他绕过了海水浴区中央的那个美人鱼雕塑,开始向海水更深处游去。由于离岸边已经较远,人们只能看到警察局长的头像黑点一样在海水中随着波浪一起一伏。蓦地,就在人们一眨眼的工夫,那黑点消失了,人们都屏住呼吸,提心吊胆地等了几分钟,仍不见那黑点露出头,有人开始惊叫起来,市长忙呼吁勇敢者下海去施救。有十几个年轻人勇敢地跳下了海,向警察局长失踪的地方游去,可他们在海里搜索了半天,却怎么也找不到局长先生了。

第二天早上,警察局长的死尸照样浮在了海滨浴场内。小城再一次陷

入了恐慌之中。

市长先生只有召开议会，与议员们讨论是否要满足那位怪人鱼的要求，将金币投到他指定的地方去。

议会讨论得正激烈时，一个人闯了进来。市长和议员们抬头一看，原来是动物学家贝切尔先生。他向市长和议员们鞠了一躬道："尊敬的市长和议员先生们，我知道你们正在讨论的问题，请允许我说一句，绝不能向恶魔低头。"

一个满头银发的议员向贝切尔叫道："贝切尔先生，不向恶魔低头，那你一定有了制伏恶魔的办法。"

"是的，我准备下海去和那个恶魔较量一番，也就在今天下午三点，希望市长先生告知全市市民，让市民们前去观看，这也等于通知了恶魔，我想，他会前往的！"

市长先生感激地握着贝切尔的手道："贝切尔先生，我十分感激你的义举，可我还是要提醒你，这关系到你的生死问题，我请你还是要慎重地考虑一下。"

"市长先生，我已经考虑好了！"贝切尔目光炯炯地说。

议员们顿时都全体起立，向贝切尔表示致敬。

又到了下午三点，几乎是全城出动，所有的市民们都围在了海滨沙滩上。当贝切尔向大家招招手，从容地走下海水时，人们没有欢呼，而是默默地看着贝切尔下到海里。

贝切尔一开始就直接向海水深处游去，当他游到上次警察局长消失的那个地方，他感觉到双脚被一双手往海水深处拽，就在这关键的时刻，蓦地一条海豚箭一般地飞了过来，朝那个怪物撞去。不一会儿，那怪物就被撞昏了，随即被海豚顶出了水面，岸上的人们顿时都惊呼起来，那哪里是什么怪鱼人，只不过是一个穿着潜水工具的蛙人。

贝切尔指挥着海豚一直把那蛙人顶到了海滩上。市长忙指挥几个警察一拥而上，将那蛙人的潜水服扒去。露出了那人的真面目，大家顿时都惊讶地叫了起来,原来他是大家熟悉的摩约翰,他曾是这海滨浴场最优秀的救生员,十几天前,海滨浴场管理区因发现他吸食大麻,将他开除了。

市长拨开人群,走到贝切尔身边,握着他的手道:"贝切尔先生,太感谢你了! 我要为你颁发一枚勋章。"

贝切尔指了指温柔地伏在他脚下的海豚说:"不要颁发给我,应该颁发给她,是它战胜了恶魔!"

4. 野人之谜

"这就是野人? 难道世上真有野人? "贝切尔捧着一张照片喃喃自语着。

这是他刚才收到的一封来自中国的信,信里面有一张野人的照片。信是中国一个有名的报社寄来的,信中写道:前不久,一个神农架山区的林业工人专程到报社来曝料,说是亲眼看到野人,并拍下了野人的照片。但是报社在没有得到证实之前是不会发表这样的消息和照片的。由此报社准备组织一批专家前往神农架实地考察,并特地邀请他——国际著名的动物学家贝切尔先生一同前往。

作为动物学家,贝切尔自然对传说中的野人很感兴趣,放下信,他又拿起那张野人照片。照片是晚上照的,又是照的野人的背影,所以有些模糊,看不清到底是什么野兽。贝切尔明白中国人邀请他前往实地考察的想法:如果没有一个外国专家的实地见证,即使发布野人的照片,世界各国的动物学家和人类学家也会质疑的。

贝切尔决定:立即飞往中国。他没有带太多的东西,只带了一条名字叫"神犬"的狗和一部微型摄像机。

在登机前往中国时,贝切尔遇到了一点小小的麻烦,一个空姐挡住了贝切尔道:"先生,很抱歉,我们飞机不能带你的狗。"贝切尔拿出了一张国际刑警组织颁发的特许证给空姐道:"我的狗为我们国家出过不少力,它可乘任何工

具,包括航天飞机!"空姐仍然担心地问道:"它不会惊吓其他旅客吧?"

贝切尔道:"小姐,请你绝对放心,在飞机上,我叫它变成小绵羊,它就成了温柔的小绵羊!"

就在贝切尔乘坐的这架飞机飞行到途中时,一个歹徒突然抱住空姐,举起一块像刀一样尖的青石,要劫持飞机。就在众旅客目瞪口呆之时,贝切尔的那只温驯的"小绵羊"蓦地扑了过去,一下咬住了那歹徒举青石的手,随即贝切尔也冲了过去,将那歹徒制伏下来。乘客们这才回过神来,纷纷拍起巴掌。

当飞机在广州白云机场降落时,全体旅客都起立,让贝切尔和他的狗先下飞机。

贝切尔一下飞机,就有报社派来的人专程迎接。一到宾馆,贝切尔就向报社来的先生提出,先要看看那张野人照片的底片。报社的人说出了实话:那位送照片来的人要求报社付给他一百万,他才会交出底片,并同意报社发表。报社答复他,需要请专家实地考察后才能决定。那位林业工人等不及就先回神农架去了,临走他表示,希望考察队尽快去考察,因为据他观察,最近一段时间,那个野人经常在一个叫豹跳峡的地方活动,去迟了,恐怕那个野人就要转移到其他地方去了。报社来的先生还说:所邀请的中国的专家已先行到达广州,只等贝切尔一到,就可以出发了。

贝切尔幽默地笑道:"那就是说万事俱备,只欠贝切尔啰!好吧,现在就出发!"

报社来的先生笑道:"看来贝切尔先生比我们还性急啊!我们定的是明天出发。"

贝切尔点点头,又指了指脚下的神犬道:"对了,先生,中国的飞机允不允许我的小狗上去,我的这只神犬是必须要去的!"

报社的先生道:"这点请你放心!我们会与机场沟通解决这问题!"

第二天早上,贝切尔随"中国野人考察队"出发了。他们乘飞机先到了湖北省的宜昌机场,随后改乘大巴向神农架挺进,到傍晚时分,贝切尔一行就抵达了方圆八百里的神农架大山的中心地带。

当晚,那位提供野人照片的林区工人就和贝切尔见面了。

他叫林应龙,是个中年男子,皮肤黝黑,脸上已有不少山风刻下的皱纹,一看就知道他已在这大山里生活了多年。

贝切尔问林应龙,他发现野人出没的地方离这里有多远,林应龙说有二十几里。贝切尔又问:那野人一般什么时候出来活动?林应龙说:一般都是在晚上十二点钟左右。贝切尔又问:既然你经常看到他在一个地方活动,为什么不想法把他抓住呢?林应龙连忙说:抓不住他的,那家伙嗅觉灵敏得很,你离他还有几十米,他就嗅出来,一眨眼就钻不见了。

林应龙问贝切尔,什么时候出发去看那野人。贝切尔说:考察队计划明晚去,我建议今晚就去,你们中国不是有句老话,叫事不宜迟嘛!

听说今夜就去,林应龙随即站起来说:"那我先回去准备准备!"

贝切尔道:"要什么准备,等会和我们一起吃晚饭,然后休息一下就一起出发嘛!"

林应龙说:"我回去告诉家人一声,要不然我半夜里还不回去,他们会以为我被野兽吃了。"

贝切尔只有耸耸肩,无奈地让他走了。

晚上九点钟的时候,林应龙又出现在考察队的面前,他带着考察队出发了。这天晚上,恰好有一弯新月,行进在大山里只觉得到处是苍莽莽,黑黝黝的一片,一座座山峰在月光的剪影下,既朦胧又神秘。考察队沿着山间小路无声地前行着,两边的山林像怪影随着他们,山林深处不时传来水流声和怪兽的长啸声。一路上,贝切尔不停地安抚着神犬,不让它对那些怪影或小兽发出吠声。夜越来越深了,山也越爬越高,考察队员们一个个累得直喘气,不时有队员问林应龙还有多远,林应龙总是说快到了,就在前面不远。当十二点已经过去十来分钟时,林应龙带考察队来到一面草坡上,蓦地,林应龙叫大家都趴了下来,然后小声地对大家说:对面那片森林里就是野人常出没的地方,大家都趴在这里等吧!考察队员们都兴奋起来,但都抑制住自

己的心动,屏息静气地等着那奇迹的出现。蓦地,一个黑影在对面森林出现了,林应龙小声地对大家说:"快看,这野人总是在这个时候出来吃野果。"贝切尔激动得差点要喊出来,他慢慢朝野人处爬去,这时林应龙道:"大家小心,不要冲过去,前面不远是个悬崖,离对面的山坡有一个几米宽的深沟,冲过去也就掉到悬崖下去了。"考察队员们心里顿时都一凉,有的只有举起摄像机,想拍拍那野人模糊的黑影。这时,那野人好像听到了什么动静,开始转过身朝远处走去,眼看那野人就要消失在那黑沉沉的森林中了,蓦地,贝切尔大叫了一声:神犬,上。只见那只神犬叼着那微型摄像机倏地一下冲了过去,当它冲到那悬崖边时,甚至连一点迟疑都没有,像飞起来一般,一下蹦了过去。这一幕在微微月光下,全体考察队员们看得瞠目结舌,忽然对面那片黑乎乎的森林里,传来了人的撕心裂肺的叫声,考察队员们一个个正心惊肉跳,只听得贝切尔"哈哈"笑了两声道:果不出我的所料。随之高声叫道:神犬回来。

一会儿,那神犬又叼着那微型摄像机跳了过来。当神犬冲到贝切尔身边时,他从神犬嘴里取过摄像机,看了看,对大家说:"你们都来看看是什么样的一个野人!"

大家都凑拢过去看了起来,只见神犬将那个野人披在身上的兽皮扒了下来,露出了一个现代人的脸。哦!原来是个人扮的假野人!大家都惊呼起来。

这时贝切尔一把揪住林应龙道:"今天傍晚,我从你的谈话中,就看出了许多令我怀疑的地方,请你坦白地告诉我,对面那个假野人是不是和你一起搞的鬼!"

林应龙沉默着,贝切尔道:"你不承认,我会叫神犬再跳过去一直追踪那个人的下落,明天自会水落石出。"

"扑通"一声,林应龙猛地一下跪倒在地,哭泣着叫道:"我承认,我承认!野人是我的兄弟扮的,这鬼主意是我出的!我女儿今年考上广州的大学,可是却没有钱交学费……"

贝切尔把林应龙扶了起来,道:你女儿的学费我来出吧！说着,就唤过神犬默默地向山下走去……

5. 追踪野猴

贝切尔正在家里逗一只猴玩,突然门口出现了两位警官。

"无事不登三宝殿。请问警官先生,是我犯了什么事,还是你们看上了我这只猴？"贝切尔调侃地问。

两个警官拘谨的脸顿时放开了,其中一个笑着对贝切尔说:"我们是看上了你。"

"我又不是个花姑娘,只是个年过半百的糟老头,你们这不是色盲吗？"贝切尔打趣地说。

警官也打趣道:"我们不仅不色盲,而且是带着远程放大镜找到你的。"

另一个警官则正了正脸色道:"言归正传。贝切尔先生,我们有事想请你帮忙。"

"哦？我只是个动物学家,能帮你们什么忙？"贝切尔也收回笑容,一副正经的神情问。

"我们在网上查到你是个动物学家,而且在驯猴上格外有一套,我们就是冲着这个特地找你来的。"

"好吧！有什么事,请讲。"贝切尔指了指客厅的沙发,叫个两警官坐下来讲。

警官坐下来后,开始向贝切尔表明来意:"我们是翠屏山旅游景区的民警,最近我们那儿常有游客投诉,说有一只野猴抢了他们的包、照相机等贵重物品,我们想法捕捉那只猴,可那只猴十分机灵,往往看出了我们的动机,我们一靠近它,它就逃到原始森林中去了。我们想请你帮我们抓住那只猴,最好能教训它一下,叫它不要抢游客的东西。"

贝切尔听了后说:"猴那东西智商很高,一般来说,它抢游客的东西主要

是为了食物,游客拿点水果跟它交换,它就会把东西还给人家。你们可以提醒游客上山游览时带点水果嘛!"

一个警官说:"如果能用水果交换游客失去的东西,我们就不用找你了。偏偏那只野猴很怪,往往抢了游客的东西后,就钻进原始森林不见了,找也找不着。这野猴也不知跑到什么地方才把游客的包扔掉,也有偶尔被一些山民捡到的,恰巧里面有游客的证件,才通知游客去取。"

"哦!原来是这样!"贝切尔若有所思。沉吟了片刻,贝切尔对警官说:"好吧,那我去你们那儿拜会拜会那只猴。"

两个警官脸上顿时露出喜色,一个警官道:"贝切尔先生,我们特地开了辆车来接你,你看,你是今天和我们一起去,还是过两天我们再来接你?"

"走吧!我今天就跟你们一起去。我也正想出去走一走,翠屏山原始森林我早就想去逛逛了,这下可好,有专车来接我了!"贝切尔一边打趣地说着,一边开始收拾东西。东西收拾好了,贝切尔唤过那只名叫"小调皮"的猴,对警官说:"我还得带上这位伙伴,请你们批准。"

警官笑道:"你的伙伴也是我们尊贵的客人,我们热烈欢迎!"

贝切尔带着他的"小调皮"和警官一起乘车出发了,到傍晚时分,进入了翠屏山风景旅游区。

第二天一大早,贝切尔就带着"小调皮",开始在旅游风景区转开了,他专门选择那些偏僻一点的山路走,而且一边走,一边挥舞着手上的包,好勾引那只野猴出来。游逛了大约两个小时后,贝切尔感觉有点累了,正想找个地方歇一歇,蓦地,从一棵大树上跳下一只猴,趁贝切尔不注意,抢了贝切尔的包,然后又跃上大树,一纵一跳地跑了。贝切尔赶紧叮嘱"小调皮"道:"跟上,一定要帮我把包夺回来!""小调皮"应了一声,也跃上大树追了过去。

贝切尔在大树下等了大约一个时辰,"小调皮"快快地回来了。贝切尔一看,"小调皮"两手空空,神情沮丧。"怎么,你打不过那只猴?没有夺回我那只包?"贝切尔心里一惊:难道自己精心训练的猴却斗不过一只野猴。他训斥了"小调皮"几句,"小调皮"委屈地一边叫,一边比画着,从"小调皮"的眼神里,贝切尔蓦地感觉有些蹊跷:难道"小调皮"在追野猴中遇到了什么人?

贝切尔带着满脸疑云回到了旅游景区宾馆。下午,他正躺在床上琢磨着对付那只野猴的方法,突然,他的手机响了,他拿起手机,耳边响起一个陌生低沉的声音:"是贝切尔先生吗?"

"是,我是。你是谁?"

"我今天在山里采药,正好捡到了你丢的包,包里好像有什么重要的文件,我想你一定很着急,我想尽快还给你!"

"那好!我太谢谢你了!你在什么地方,我马上去取!"贝切尔表面上很着急,其实那些文件是没什么用的,是他有意装的,而且还有意留下了电话。

"一小时后,我在大风亭上等你,不过,为还你的文件我耽误了采药,请你给我二百元作为补偿。"对方说。

贝切尔想都没想,就一口答应了。

一小时后,贝切尔赶到了位于一个山头的大风亭,亭上果然有一个中年汉子,黑红的脸膛,一副山里人的打扮。贝切尔问他是在什么地方捡到包的,那山里人往一片苍莽莽的原始森林指了指,说是在那里捡到的。贝切尔一边询问他,一边仔细地打量着他,蓦地,他发现这个人的手臂上沾有一点毛发,他一看就知是猴的毛发,这有些证实了他心中的猜想。他拿出二百元钱来有意对那个山民说:"我可以给你二百元作为补偿,但你能不能给我写个收条,我拿回去好报销。"

那个山民却摆摆手道:"我不会写字。"

"你不会写字?那你怎么知道我包里是文件,也认得我的名字呢?"贝切尔跟着问。

"这……我认得几个字,但写不好!"对方有些支支吾吾。贝切尔看他有些慌张的神色,心想:他在企图掩饰什么呢?

贝切尔有意逗他:"既然你不会写字,打不了收条,那这包里的文件,我也不要了,反正这文件也已经过期过时,留作你擦屁股吧!"说着转身离他

而去,气得那个山民在后面追骂起来。

贝切尔从他追骂声中听出了那是一种河南伏牛山区的叫骂声,那里有很多山民都世代以驯猴为生,叶森林曾在那里专门考察过一段时间。这下贝切尔心里更有底了,他一路上想好了主意。

第二天早上,当太阳升起来的时候,贝切尔带着"小调皮"出发了,他将一台微型摄像机挂在"小调皮"的脖子上,自己肩头仍然挎着一个包,包里装着一团废报纸。

走到昨日被那只野猴抢包的地方,贝切尔停住了,将挂在猴身上的摄像机打开,然后像好玩似的将自己挎着的包取下来甩来甩去,嘴里还哼着歌。过了十来分钟,果然,从森林里窜出一只猴来,抢过贝切尔的包就跑,贝切尔叫了一声"小调皮快追",小调皮猛地一下窜了出去,紧跟着那只猴消失在原始森林。

贝切尔开始席地而坐,等待着"小调皮"的归来。一个小时后,"小调皮"回来了,贝切尔打开摄像机欣赏起来,"小调皮"跟踪那只猴在原始森林里穿行了约半小时后,密林中出现了一个草棚,听见猴子的叫声,从草棚里走出一个人,那只猴乖乖地把抢来的包交到了那个人的手里。

那个人正是昨天在大风亭和贝切尔会面的人。

中午,贝切尔带着两个警官在"小调皮"的带路下,出现在了那个深藏在原始森林中的草棚门前,当那个人听见声音,走出草棚,看见贝切尔和两个警官时,脸色掠过一丝惊慌。贝切尔首先开口了,他对那个人说:"我也是驯猴的,不过我驯猴的目的跟你的动机不同。"

那个人顿时明白了,他低下了头,喃喃地说:"想不到我会栽在你的手里!"

6. 悬棺之谜

一个漆黑漆黑的夜,在一个深山峡谷里,突然传来了一声惨叫,在山谷里回荡了很久,令那些周围丛林中的猿猴都惊恐不已,长啸了一夜。

到天明时分,深山峡谷总算归于了平静,然而随着太阳的升起,喧闹再一次打破了这里的宁静,一群游客乘着游船停靠在了这里。一个导游指着左面的一面悬崖峭壁对大家说:大家请看上面,那就是悬棺,据说有上千年的历史。人们顺着导游的手看去,都惊呼起来:"真不可思议!这古人用什么办法把这棺木吊到那么高的峭壁上去的呀!"

"咦!怎么那棺木的盖揭开了呀!"导游小姐突然惊呼起来,"昨天我带游人来这里时,棺材盖还是闭着的呀!"

正当大家都在为导游小姐的惊叹更感到神秘时,突然一只狗从一个游客身边蓦地跳下了船,向悬崖下的荆棘丛里跑去,只听那游客冲着那狗叫道:"神犬,你干吗不听导游指挥,犯了自由主义啊!"人们都被这幽默的话语惹笑了,回头一看,原来是那位贝切尔先生。有位游客风趣地对贝切尔说:"贝切尔先生,是你的小狗憋极了,找天然厕所去了!"

正在大家谈笑之间,突然那狗在那边狂吠起来,贝切尔道:"我的那宝贝发现了什么情况。它催我去看看。"

贝切尔走下船,走了过去,蓦地,他又急速地转过来,对导游小姐说:"小姐,那边草丛里有一个死尸,看样子像是死去不久的,快打电话报警吧!"

导游小姐惊叫了一声,慌忙掏出电话报了警。

一会儿,一辆水上快艇就飞也似的射了过来,从艇上下来两位警察。一个警察翻看了下那死尸,对贝切尔说:"我认得他,叫杨水山,是附近的山民,平常就靠攀悬崖采燕窝为生,也许是攀崖采燕窝时不小心摔下来摔死的!"

贝切尔连连摇头道:"警察先生,我看这位死者的皮肤和颜色,像是昨天半夜里死的,难道他半夜采燕窝?不可能吧?"

那位警察脸红了一下,说:"我的判断只是初步的,我们还要搜集一下其他证据才能最后定论。"

另一个警察对贝切尔道:"贝切尔先生,这样看来你对破案颇有些经验,你从这死尸上看出了什么?"

"我看他的死和头上的悬棺有关！"贝切尔指了指半空中的悬崖峭壁。

"和悬棺有关？贝切尔先生开玩笑了吧！"

"不是开玩笑,这是我的判断。听导游小姐讲,这悬棺的棺盖昨天还是关着的,今天却是打开着的,警察先生,难道这是一种巧合吗？"

"棺盖打开了吗？"一个警察果然很吃惊,他们倒退着来到游船上,举目仰望着,这当儿好几个游客叫道:"嘿！一只老鹰飞到悬棺上去了！"贝切尔赶紧到游船上仰看起来,只见一只老鹰跳到悬棺里待了片刻又飞了出来,然后划过长空,消失在云天里。

"老鹰怎么会对悬棺感兴趣呢？难道是探询里面的人尸还能不能吃？""千年的古尸早就只剩几根骨头了！"人们纷纷议论着。

一个警察见贝切尔还在呆呆地仰看天空老鹰消失的地方,拍了一下他肩头,说:"贝切尔先生,你说这死者和悬棺有关,那么高的悬崖峭壁,他怎么爬得上去呢？他又不是一只鹰。"

这句话提醒了贝切尔,他抬头看了看嵌在悬崖峭壁上的悬棺,想了想,说:"只有一个办法,他才能到达悬棺的崖口,那就是必须在悬棺上的山顶,固定一根绳索,然后顺绳索荡到悬棺所在的崖口。也可能他想去看看悬棺中有什么财宝,可他打开悬棺的盖子以后,没发现什么,就准备顺着绳索下滑到地时,中途绳索断了,他就摔死了！"

两个警察听了,频频点头,其中一个警察蓦地想道:"如诚如贝切尔先生分析的,那在死尸周围应该有绳索。"

贝切尔道:"对,我们去找找。"随即拍了一下脚下的神犬道:"走,我们去看看。"

贝切尔和两个警察还有狗,一起在悬崖下的荆棘草丛中搜寻起来,搜寻了半天,也没见到有绳索。贝切尔正感到有些失望,蓦地那神犬对着一根荆棘条叫了起来,贝切尔忙跑了过去,只见荆棘刺条上挂着一小片浅绿色的布条,贝切尔小心翼翼地把布条取了下来,对警察说:"你们看,这像是衬衣上的,也就是说一个外穿衬衣的人或半夜或凌晨来把这绳索捡走了,由于他慌里慌张,衬衣被挂破了一小片,他也没注意到。"

"那这杨水山的死肯定与这位穿衬衣的人有关。"一个警察判断说。

"嗯!有可能吧!"贝切尔点点头道。

另一个警察说:"看来,我们只有从这件衬衣查起了。可在我们这山区,本地人少,外来游客多,万一是游客杀的杨水山,而且一走了之,那线索就断喽!"

"可以到杨水山家里和周围去问问和调查调查,看看最近有什么人接近过他。"贝切尔道。

"没有用,杨水山是个单身汉,一个人住在山里,周围又没有邻居。"一个警察无奈地说。

"那查起来确实有些难啊!"贝切尔也不得不感叹道。

"看那老鹰又飞到悬棺上去了!"

蓦地,游船上的人们又惊呼起来。贝切尔惊醒过来,仰头看那老鹰又跳上悬棺里待了一会,又消失在云空里。蓦地,贝切尔眼睛一亮,拍着脑袋喃喃自语说:"哦!有可能是这样!"

一个警察道:"贝切尔先生,你想到了什么好办法?"

"想到了那只老鹰。"贝切尔道,"或许这杀人案的真相大白关键就在这只老鹰上。"

"老鹰上?!"两个警察都疑惑不解。

贝切尔道:"你们知道吗?老鹰是可以训练的。你们这地方不是古代就有人训练老鹰来抓野兔吗?我是个动物学家,也训练了一只老鹰,而且这次也带来了,就放在宾馆的房间里,我这次到你们这里来,除了旅游,本来就是想考察这里的老鹰的!"

"哦!"两上警察虽"哦"了一声,但还是没弄明白贝切尔想的什么主意。

贝切尔见他们两个一副懵懵懂懂的样子,说:"走吧,用你们的快艇送我去宾馆取我的老鹰来。到时你们就会明白。"

两个警察陪贝切尔取来了老鹰,回到了悬棺下,贝切尔在老鹰背上抚

摸了一下,指了指悬棺,又对老鹰耳语了几句,那老鹰就凌空而起,向悬棺飞去。一会儿,它也落到了悬棺上,随即也跳进悬棺里,待了一会,又飞了出来,一会儿就飞落到贝切尔的面前,贝切尔把手掌放在老鹰的嘴下,那老鹰吐出一颗金豆。两个警察见了,惊呼起来。贝切尔手捧着金豆道:"这案子好破了!那只老鹰肯定还会为这金豆飞来。"

果然一会儿,空中又出现了一只老鹰,它径直朝悬棺里飞去,等它从悬棺里又飞起时,贝切尔放开手中的老鹰道:"跟上。"

老鹰即刻升到空中,尾随那只老鹰飞去。

贝切尔看着两只老鹰消逝的方向,对两个警察说:"好吧,我们先在这里饮饮啤酒,休息休息,等会老鹰回来了,自会带我们去抓那个杀害杨水山的人。"

贝切尔和两个警察边喝边聊,大约一个时辰,那老鹰飞回来了。

贝切尔指着老鹰飞去的方向问两个警察:"那边有什么村庄或小镇?"

"那边有一个小镇。"

"好吧!那就让我的老鹰带我们先去那个镇上找找那个取金豆的人吧!"

贝切尔带着老鹰和两个警察,朝小镇走去。到了小镇,贝切尔放开老鹰,那老鹰朝着镇东头缓缓飞去,贝切尔立即招呼两个警察跟上,那老鹰最后停留在一家旅馆的三楼平台上。

贝切尔对两个警察说:"那罪犯就可能住在这旅馆中。"然后拿出那绿布条对警察说:"去问问旅馆的人,看这里有没有住着一个穿这种颜色衬衣的人。"

经旅馆的前台小姐辨认,说穿这件绿衬衣的人就住在三楼最东头的房间。

当贝切尔和两个警察走上三楼敲开那房间门时,一个银发的老年人出现在门口,老年人很有礼貌地问:"请问你们找我有何贵干?"

一个警察正要回答,只见一只老鹰从窗户里钻了进来,落在老年人的肩头上。贝切尔指着老鹰道:"我们为它而来,想亲眼看看它是怎样给你奉献那些金豆的！"

银发老人顿时一脸惊异道："老天爷！这么神的机密,你们怎么会知道？"

贝切尔道："那就是我也跟你一样,训练了一只能干的老鹰。"

"哦,幸会！幸会！"那老人连忙上前握了握贝切尔的手,然后退了一步,一脸正经地对警察说："不过,我可不是利用老鹰偷金豆啊！而是利用老鹰取我祖先的遗物,我这里有族谱为证。"老人随即从一个精致的皮箱内取出一本发黄的族谱,递给一个警察道："我这族谱写得明明白白,我的祖先为了躲避追杀,将百余斤黄金练成金豆,存放在这里的悬棺里。可这多年来,我族里却无人想法能取出这金豆来,只有我想出了这训练老鹰取金豆的法子。"老人露出颇有些得意的神色。

一个警察翻了翻族谱道："至于这金豆是否归你家族所有,另当别论,我们所调查的是悬棺悬崖峭壁下的一具死尸。"

老人一脸惊诧道："死尸与我有什么关系？"

警察道："我问你,那悬棺的棺盖是怎么打开的？"

老人道："我雇了一个山民,给了他一大笔钱,问他有没有法子帮我把棺盖打开,他拍着胸脯说有办法,我怕他看到我的财宝,提了一个条件,要夜半三更时攀上去,而且上去后只需打开棺盖,不能用手探视,还说恐那棺木里有什么暗器伤了他,他也答应了。我怕他在攀岩时摔死,还特地叫他跟我写了一张'摔死不与我相干的证明'。"老人说着,又从皮箱里拿出了一张纸条。

警察接过纸条看了看,说："如果是他自己摔死的,自然与你无关,可我们还是怀疑是你杀了他。"

"有什么证据吗？"老人仍不动声色地问。

警察道："我只问你,昨晚或是今天早晨,你去过悬棺下的地方没有？"

老人道："没有,我没有涉过河去,只在河对岸看看那棺盖打开没有,也不知道那攀岩人摔死了。"

警察随即拿出那片绿布条道："我们有这证明你曾经到过河那边,并知

道攀岩者已死,你说说你为什么要隐瞒事实?"

"这⋯⋯这⋯⋯"老人有些支支吾吾了,他垂着头沉吟了片刻,又抬起头看着贝切尔道,"我没有想到会在这地方恰巧遇到你这位高人!这是天意啊!"

雷诺警长的谜

一大早,雷诺警长就赶到了警察局。局长已在办公室里等他了。

"昨天夜里,大众银行的一个保险柜被撬了,里面的珍宝价值连城啊!这就是我为什么在你最爱做美梦的时刻把你叫醒的原因。"局长虽为了案情的重大紧皱眉头,但仍不忘来点幽默。

"局长,你也知道,我从来就是有一个花一个,对保险柜那玩意儿是一窍不通的!你能不能给我派个懂这方面的助手?"

"这个嘛,我已经帮你想到了,他就是你的老搭档——保险柜大王。"

"鲁尔?"雷诺警长简直有点不相信自己的耳朵,他感到分外的震惊,"鲁尔,他不是死了吗?还是我亲手打死的呢!"

"NO,NO!"局长连连摇头,"你的枪法是很准,打中了他的心脏,但现代的医术创造了奇迹,给他换了一个心脏,他复活了。"

"他复活了?!他复活了也应该关在监狱里!他是想暗杀我,一个警官!"雷诺警长有些冲动了。

"NO,NO!关起来,你就没有这么有经验的助手了!我们应该好好利用他'保险柜大王'这一技之长嘛!"局长一副绅士风度地说。

雷诺警长有些激怒了："用他的一技之长？他肯跟我们真心地合作？上一次，他差点把我杀死！再说，是我开枪打死的他，难道他不记恨？说不定他又会利用这次机会对我报复下手的！"

"这次请你放心！我们已经给他做了大量的思想教育工作，他已经深刻地悔悟，表示从今以后坚决做一个好人了！"局长半开玩笑半认真地说，为了使雷诺警长放心，局长又补了一句："对了，我们还用世界上最先进的道德测试仪对他测试了一番，他现在的道德诚信度已经达到了百分之九十。"

"这种人鼓捣出来的玩意儿可信度又有多少？再高明的电脑、机器也控制不了人脑子的思维呀！"雷诺警长仍疑虑重重。

局长见费了一番口舌仍未使雷诺警长放心，便用命令的口气道："雷诺警长，时间不早了，你快去执行任务吧！这次你出了事，我负责！"说着，也不管雷诺警长愿不愿意，便按了一下电铃。一会儿，门开了，一个身材矮小，獐眉鼠目的中年人出现了，他就是雷诺警长不愿见到的搭档——鲁尔。

"雷诺警长，你好！"鲁尔一见雷诺，就满脸热情地向他伸出了手。从他脸上看不出对雷诺警长有丝毫的成见。

"你好！"当着局长的面，雷诺只有不冷不淡地和他打着招呼。

"好！那你们现在就去执行任务吧！"局长站了起来，做了一个"请"的手势，雷诺警长只好和鲁尔一起走出了局长的办公室。

坐上警车后，雷诺叫鲁尔开车，他坐在后面，盯着鲁尔的背影，手一直放在枪套上，他在心里提醒着自己：要时刻提防这家伙！

鲁尔原来是全国有名的大盗，他有一手绝活，什么样的保险柜他都撬得开。这家伙不仅身怀盗窃绝技，而且心狠手毒，在他盗窃的生涯中，曾打伤八名警官，雷诺和他较量了七年之久，才总算把他逮住了。本来这家伙应该判处终身监禁，但这家伙满脑的歪点子，给警察署打报告，说他愿意帮警察署破案，并称自己熟悉全国所有同伙盗撬保险柜的手法，只要一看被撬的保险柜，就知道是哪个市哪个盗贼所为。

警察署长也正为全国盗窃保险柜的案件频繁发生而大伤脑筋，便相信了这家伙的鬼话，特赦了他，并叫他跟雷诺警长做搭档，专门协助他侦破银行保险柜被盗案。这家伙第一次出马，也确实亮了一手，在金帝银行保险柜被撬一案中，他一眼就看出是普托一伙的杰作，并说普托有了钱，就喜欢到红灯区去找妮娜小姐，根据鲁尔的推测，雷诺警长在妮娜小姐周围布控，果真将普托抓获了。

可鲁尔仅仅帮警察局破了这一案（据说还是因为鲁尔与普托有过节），就变了心。上次他和雷诺警长去查理银行破案时，他趁雷诺弯腰查看足迹时，突然举起一把大铁钳朝雷诺警长头上砸去，幸亏雷诺经验丰富，感觉到一股风声，头一偏，鲁尔砸了个空，就在鲁尔又要再砸之时，雷诺拔出枪来，一枪正中鲁尔的心脏。"想不到这家伙居然又复活了！这真是叫人不可思议！我才不相信局长大人说他变好了哩！我可随时都要提防他。"

一路上，雷诺一直提醒着自己。

蓦地，车子来了个紧急刹车，雷诺不小心，头都碰到了前面的沙发靠背上。"怎么回事？"雷诺疑心地大声喝问。鲁尔一指前方说："路当中有一条小狗。"

雷诺把头伸出窗外，果真见路当中有一条发呆的狗。"咦！这家伙今天怎么会怜惜一条流浪的小狗来了？只怕是做样子给我看的吧！想证明自己从魔鬼变成了天使？谁信呢？我是不信的！"雷诺嘲笑地盯着鲁尔的脊背，催他继续开车。"嘀嘀嘀！"鲁尔按响了喇叭，将小狗驱赶开来，才缓缓地开了车。

到了大众银行，雷诺叫鲁尔先下了车，自己才跟着下车。在进银行大门时，雷诺也有意让鲁尔走在前面，自己则紧紧尾随其后。到了案发现场，鲁尔看了一眼被撬的锁说："这是杰克干的！"

"杰克？！他不就是你最好的兄弟吗？"雷诺用调笑的口吻问。

"那是过去！现在我跟他可不是一路的人了！"鲁尔一本正经地说。

"我记得上次逮你时，你是和他一起合伙作案的，我们逮住了你，让他给跑掉了。我们叫你说出他的下落，你死也不说，俨然一副跟他是生死之交的哥们,这次你……"雷诺有意试探道。

"雷诺警长,我现在为那时的我感到羞耻!请你不要再提了!我这次一定会协助你们把杰克逮住。走吧!我知道这家伙爱隐藏的几个地方,我们逮他去!"

鲁尔的回答叫雷诺大感意外,但他仍不相信地跟着鲁尔,他今天想要看看这个鲁尔到底会搞些啥名堂。

雷诺跟着鲁尔来到了一条僻静的小街,在一幢灰色的小楼前,鲁尔回过头对雷诺做了个"嘘"的手势,提醒他小心。其实雷诺根本不用他提醒,他此刻已拔枪在手,他倒提防鲁尔会在这里设下陷阱。就在两人一前一后走上二楼转弯处之时。蓦地,鲁尔回过身来一把将雷诺推下了楼梯,随即,一声枪响,子弹擦着雷诺的头顶而过。雷诺在楼梯上打了几个滚,他一翻身抓起枪来,正要举枪射击,却只见鲁尔已把突然出现的杰克按倒在地,杰克手中的枪还在冒着青烟。

杰克此刻狂叫起来:"鲁尔,你搞错了!我是杰克!你快让我补那个警察一枪!"

雷诺这时已冲了上来,他一脚踢掉杰克手中的枪,然后拿出手铐将杰克铐上。杰克绝望地嚎叫起来:"鲁尔,你是不是被警察洗脑了?怎么变得翻脸不认人了!老子还救过你的命哩!"

鲁尔一脸严肃,一声也不吭。雷诺感激地看了鲁尔一眼,刚才那一幕好险!要不是鲁尔反应快,推了自己一把,自己就有可能被杰克打死了!

莫非鲁尔真是像局长所说的那样变好了,俗话不是说:江山易改,本性难移吗?鲁尔难道换了个心脏,就变了个人?!

雷诺和鲁尔把杰克送进监狱后,雷诺为了抵消自己对鲁尔的误解和愧疚,热情地邀他去酒吧喝一杯,鲁尔答应了,两人开车到来一个繁华的街道。下了车,正好起了一阵风,鲁尔抬头看了看天,蓦地,他惊叫了一声,紧跑了一步,将一个站在橱窗边看里面服装的女郎重重地推了一把,只听啪的一声,上面一块广告牌砸了下来,好险,差点砸在那个女郎的头上。女郎回过

神来，明白是鲁尔救了他，她十分感激地对鲁尔说："先生，谢谢你救了我！你的心真好！"

雷诺说："他叫鲁尔，是我们警察局的。"

"鲁尔？警察局的？哦？！"姑娘露出一副惊奇的样子，盯着鲁尔问，"鲁尔先生，你是不是刚刚做过换心脏的手术？"

"是啊！你怎么知道？"鲁尔奇怪地问。

姑娘激动得叫了起来："先生，你换的心脏就是我父亲的！我的父亲是个慈善家，他的心地十分善良。可惜他患了癌症，他临死前，决定把他那颗完好的心脏捐献给需要的人，我听说是捐给警察局一个叫鲁尔的！想不到今天你又救了我，真是太巧了！"

"是啊！真是太巧了！谢谢你父亲给了我一颗好的心脏！"鲁尔也不无感激地说。

女郎亲热地拥抱了一下鲁尔，说："你跟我父亲一样，也有一副好心肠！我父亲在天堂得知，也会感到欣慰的！"

雷诺在一旁听了，心里一动：莫非就是因为姑娘的父亲把自己好心肠的心移到了鲁尔的身上，鲁尔也变得好心肠了呢？

从此，在雷诺警长的心里，就有了一个永久的谜。

变身白天鹅

"好可爱的白天鹅啊！"每天，当汤婷婷的爸爸把汤婷婷带到湖边玩时，汤婷婷看到在湖边不远的水中浮游的白天鹅时，都会赞叹一句。每当这时，汤婷婷的爸爸脸上都会溢出幸福的笑容。她的女儿婷婷虽然只有六岁，可也跟这白天鹅一样可爱。

汤婷婷从小就喜欢动物，她每年最开心的事就是六一儿童节，爸爸妈妈带她到动物园去玩，她见了憨态可掬的大狗熊，会把火腿肠扔给它吃，还跟它做半天怪相，见了猴子，她会把苹果扔给它们，还会说："小猴猴，吃了我的苹果，可要喊我一声小姐姐哟！"有一次，汤婷婷看到河马的鼻子上落了两只苍蝇，河马很烦，头摇来摇去也甩不掉苍蝇，汤婷婷看了，急得叫爸爸："爸爸，你快去帮河马赶苍蝇，你看河马多难受呀！"爸爸说："我进不去呀！怎么能帮河马赶苍蝇呢？"婷婷急着说："那你赶紧去找管河马的叔叔，让他们开门帮河马赶苍蝇。"

在婷婷的催促下，汤婷婷的爸爸只有找到管河马的叔叔，说明了原因，管河马的叔叔虽然苦笑一下，但还是听从婷婷的意愿，开门进去把骚扰河马的苍蝇打死了。

有一天，汤婷婷的爸爸带她到同事居住的"天鹅湖小区"玩时，汤婷婷看到了在湖中嬉戏的白天鹅，就停住了脚步，瞪大了眼睛，久久地看着白天鹅。爸爸见她那个喜欢的神情，就开玩笑地说："你这么喜欢这里的白天鹅，我看我们把家里的房子卖了，就在这个小区买房子，你就可以每天在湖边看白天鹅了！好吗？"

汤婷婷顿时高兴得手舞足蹈起来："好哇！好哇！"说着把小手伸到爸爸的面前，用小指钩住爸爸的小指说："爸爸，拉钩，一百年不许变！"

汤婷婷的爸爸本来只是想哄汤婷婷玩的，可这以后禁不住汤婷婷每天的催问，只有跟妻子商量，真卖了房，在这"天鹅湖小区"买了一套二手房。

就这样，汤婷婷每天早晨傍晚都要来到湖边看白天鹅，都要和白天鹅说话："白天鹅，你们为什么长得这么美呀？是每天吃苹果吗？你们俩为什么这么好呀？为什么从不吵架呀？"

那对白天鹅有时似乎听懂了汤婷婷的话，一边冲着汤婷婷点头，一边向汤婷婷游来，汤婷婷就兴奋得直拍小手。

有一天早晨，汤婷婷和爸爸又到湖边看白天鹅，忽然汤婷婷看到冬青丛中，有一个黑洞洞的枪口伸了出来，正在瞄准岸边游的白天鹅。汤婷婷忙上前用胸脯挡住枪口，并尖叫起来："不许你射杀白天鹅！你们这些坏人，杀了白天鹅，你们会变成癞蛤蟆的！"一个脸上有道疤痕的人一脸恼怒地从冬青后面走了出来，对着汤婷婷吼道："你叫什么叫？！小朋友，叔叔不是真想射白天鹅，叔叔只是练习射击呢！练习瞄准你懂不懂，不懂，就不要瞎喊！"

"练习瞄准也不行，你这样会吓坏白天鹅的！"汤婷婷噘着个小嘴说。

那个脸上有疤痕的叔叔悻悻地拎着气枪走了。爸爸对婷婷说："这个叔叔是在说假话，他是真想射杀白天鹅的，幸亏你发现得及时，要不然，这白天鹅真要被他杀死了！"

汤婷婷听了，眼睛里顿时急出了泪花，她跺着脚说："哎呀，这怎么可以！这怎么可以！爸爸，你快想想办法，不能让他再杀白天鹅了！"

爸爸就说："好吧，我们到物业办公室去反映，看他们有什么好办法来制止伤害白天鹅的行为！"

在物业办公室，接待他们的一个阿姨听了也很气愤说："我们在湖边早就插上了禁止偷猎野生动物的警示牌，还每天派人到湖边巡逻，可还是防不住那些没道德没良心的人。今年春，我们湖边还有一群野鸭子的，可转眼，就被他们偷偷猎杀光了，野鸭子没有了，他们又把眼睛盯上了白天鹅！你们放心，这事我们会重视起来，我们会加强巡逻，不准拿猎枪的人进小区。不过，就怕防不胜防呀！"最后，这位阿姨还叹息了一声。

走出物业办公室时，汤婷婷拉着爸爸的手问："爸爸，什么叫防不胜防啊？那位阿姨说的是什么意思？"

爸爸也叹了口气道："防不胜防就是说，阿姨即使拉钩也不能保证哪一天白天鹅会被人杀害或盗走。因为白天鹅是野生的，它们又在湖中自由惯了，不可能把它们关在家里保护起来。而这个世界，有好人，也有坏人，坏人有时会趁好人不注意时，偷偷干坏事的！"

"那怎么办呀！那怎么办呀！"小婷婷急得正要跳脚，蓦地她看见路边一只猫正伏在那里痛苦地叫着,她的注意力马上转到猫的身上,叫了起来:"爸爸,小猫脚上夹了什么? 它好痛苦呀!"

爸爸定眼一看,原来小猫脚上不知怎么夹了一个老鼠夹,他小心俯下身来,小心地替猫取下老鼠夹。那只猫脱了老鼠夹,想跳开,脚却被夹伤了,一拐一拐的,汤婷婷看了,说:"爸爸,猫猫的脚受伤了,我们把它抱回去擦擦伤吧!"

爸爸说:"好是好,就怕是人家家里养的猫,怕人家找呀!"

婷婷说:"这只猫受伤了,万一走不回它的家,万一它上不了楼怎么办? 那还不饿死呀! 我们还是把猫先抱回去养伤,另外,你跟物业的阿姨说一声,说我家捡了一只猫,谁家丢了猫到我家里来领。"

爸爸点着婷婷的脑门说:"你还真有办法! 就依你的!"

汤婷婷家只有把猫收养起来,汤婷婷还给小猫取了个名字:"花花"。并且把"花花"当成了自己最好的朋友,每天跟它一起玩。而"花花"也特别喜欢婷婷,就连睡觉也想挤到婷婷怀里,婷婷的妈妈不让,它就干脆趴在婷婷的小鞋上睡,好像只有闻到婷婷的味,才能睡得香。

这一天半夜里,汤婷婷突然哭醒了,她的爸爸妈妈吓了一大跳,赶紧过来把婷婷搂在怀里,拍着说:"婷婷不要怕,狼来了,我打他!"婷婷擦擦眼睛说:"不是狼来了,是我梦见有一只白天鹅被人偷走了! 爸爸,赶紧带我去湖边看看,看白天鹅在不在!"爸爸说:"傻孩子,这大半夜的是看不见白天鹅的,它们都躲在芦苇丛里睡觉呢! 白天鹅不会有事的,你那是做梦呢!"

哄了好半天,婷婷才又渐渐睡了,可天刚蒙蒙亮,她就一骨碌爬了起来,要爸爸赶紧带她去看白天鹅。

一到湖边,汤婷婷就忍不住叫了起来:"哎呀! 爸爸,真是少了一只白天鹅呀! 肯定是被坏人偷去了! 我说我的梦是真的,你们还不相信!"

汤婷婷爸爸赶紧在湖面上四处搜寻,又沿着湖边走了好远,始终没有见到另一只白天鹅,只剩下那只白天鹅孤独地在湖面上徘徊着,不时发出一声凄厉的叫声,像是在呼唤着它的伴。

看到这种情景,爸爸对婷婷说:"白天鹅不像被人杀死了,像是被人偷走了,因为我刚才仔细看过了,没有血迹和羽毛,我们赶紧到派出所报案去吧,兴许能抓住那个偷白天鹅的人,把白天鹅救回来!"

爸爸领着婷婷报了案,派出所的叔叔也答应尽快抓到偷白天鹅的人,但汤婷婷还是很难过,这一天,她都没笑过,就连"花花"想安慰她,有意用爪子扒她,她都懒得搭理。害得"花花"只有远远地趴在那里,不时抬起头来望望婷婷,看她脸上浮出笑容没有。

第二天,汤婷婷早早就爬起来,她嚷着要去湖边看那只剩下的白天鹅,她说:"它失去了小伙伴,肯定难受死了,我要去安慰它!"

婷婷来到湖边,见那只白天鹅正静静地伏在湖面上,也不埋头啄食,好像沉浸在深深的思念之中,又好像在沉思:人类啊,你们为什么这么狠心,这么大的天地,难道容不下我们这小小的天鹅?!

看到白天鹅忧郁的样子,婷婷的心里好难过呀!她咬着嘴唇默默地看着白天鹅,好一阵子,她才抬起头来对爸爸说:"爸爸,从今以后,我再也不回家了,就在这里守着这只天鹅,免得它也被人偷走了。再说,坏人来了我也好把他抓住,叫他把偷走的白天鹅还回来!"

爸爸叹了口气,说:"傻孩子,那怎么能行呢!人都是要吃饭要睡觉的呀!我分析,这白天鹅晚上就藏到那湖中的芦苇丛里睡觉去了,不容易被人发现,他们偷杀白天鹅的时间一般都是在天刚蒙蒙亮时。那时,饿了一夜的白天鹅早早出来觅食,而一般人又还没起来,坏人正是利用这个时间偷走白天鹅的,这样吧,你还小,也抓不住坏人,每天清晨,我替你来守护白天鹅好不好!"

"不行!我也要每天早上来,你早上来时,一定要带上我!"小婷婷坚决地说。爸爸只好答应了。

第二天清晨,天刚微微亮,汤婷婷就一翻身爬起来,她一夜都在惦记着白天鹅呢!她见爸爸还在沉睡,赶紧使劲推搡着爸爸:"爸爸、爸爸,快起来,快去保护白天鹅!"

爸爸终于被汤婷婷推醒了,他赶紧下了床,抹了抹脸,对婷婷说:"走吧,你真是个机灵鬼！"

清晨的湖边静悄悄的,没有一点人类的嘈杂声,只有轻风轻轻划过,湖里的浪涛轻轻拍打着堤岸,那只白天鹅还在不远处浮游着,可它看上去依是那样的忧郁,它依然没有埋头吃食的动作,只是静静地伏在那里,好像沉浸在思念同伴的心情之中……

看见白天鹅那孤独沉思的样子,汤婷婷的眼睛都闪出了泪花,她对爸爸说:"你看这白天鹅好孤独好可怜啊！爸爸,我想变成一只白天鹅去陪伴它,好吗？"

爸爸眼睛也湿润了,他抚着女儿的头说:"好孩子,你变成了白天鹅,那爸爸和妈妈没有你,还不是会难过,会孤独的！"

汤婷婷说:"我变成一只白天鹅是暂时的呀！我只是想去陪这只白天鹅玩,去安慰它一下,去告诉它,我们人类坏人只是少数,我们大多数还是爱它的,保护它的。另外,我变成白天鹅后,就会发现谁是坏人啦！哪天,有坏人再来偷我们时,我就会把他的耳朵啄一半下来,你看见谁的耳朵被啄了一半,就把他抓住,让他把偷走的白天鹅放回来,只要两只白天鹅又在一起了,我就又变回你们的小婷婷！"

爸爸笑了,说:"婷婷,你这是在编童话故事吧？"

"不是,我是认真的！"

尽管汤婷婷一脸的认真,可她爸爸怎么会相信呢？倒是那只猫明白了汤婷婷的心,她一下蹦到婷婷的怀里,不住地舔着她,好像舍不得离开她。

这一天早上,汤婷婷的爸爸醒来,他本来想叫婷婷一起到湖边去的,可走到婷婷的床边,却发现床上是空的,摸摸掀开的被子,还有点热气,看来汤婷婷刚走不久。汤婷婷爸爸赶紧往湖边跑,他想:汤婷婷一定又是去湖边看白天鹅去了,可她为什么不叫醒我呢？他跑到湖边,往四周一看,咦,怎么没见婷婷的身影,再看湖面,咦！怎么有两只白天鹅？他大声叫着"婷婷、婷婷",没有回声,倒是湖中那两只白天鹅听见喊声,朝岸边游来。难道我的女儿真的变成了白天鹅？汤婷婷的爸爸这样想着,朝游过来的白天鹅大声叫

着："婷婷,你真变成了只白天鹅吗？"

湖中的一只白天鹅果然嘎地回应了一声。汤婷婷的爸爸顿时泪如雨下："我的婷婷呀,你怎么这么认真呢？"哭了一阵,他终于想明白了,婷婷说过,她只是暂时变成白天鹅,等她认出坏人,救出另一只白天鹅后,她会回来的。

从这天起,汤婷婷的爸爸妈妈每天都要早早起来,赶到湖边,去看白天鹅,去看他们的女儿。那只平时喜欢睡懒觉的"花花"也变得警醒起来,只要爸爸妈妈一出门,它就先冲出去,在前面带路。到了湖边,"花花"也冲着白天鹅不停地叫唤,像是呼唤着"婷婷快快回来"。

这一天早上,汤婷婷的爸爸妈妈又一起往湖边赶,快到湖边时,突然,走在前面的"花花"大叫一声,随之跳到迎面走来的一个人身上,乱撕乱咬起来,那人尖声叫道:"谁家的猫？这么野！"汤婷婷的爸爸赶紧去抱猫,这一来,他看清了那人的一只耳朵血淋淋的,少了半边,再一看,那人手上还揣着一副套飞禽的绳网,他蓦地想起汤婷婷说过的话,他揪住那人的衣领道:"你快说,十天前,你是不是偷了一只白天鹅？"那人支支吾吾,汤婷婷的爸爸说:"你再不说实话,我叫我的猫还咬你！""花花"也听明白了爸爸的话,又向那人露出咧嘴龇牙凶狠的样子,那人吓得赶紧说:"我是偷过一只白天鹅,那是一只野生的,跟你们有什么相干？"

"快说,你把那只白天鹅带到什么地方去了！"汤婷婷的爸爸喝问,"花花"也怒视着那个偷猎人。

那人只有交代说:"卖给小区对面的野味餐馆了。"汤婷婷的妈妈在一旁听了,顿时急得哭了起来:"这么长时间了,只怕早就被人吃了！"

"花花"听了,跳上汤婷婷妈妈的怀里,"喵喵"地叫着,爸爸一下明白了"花花"的叫声,安慰妻子道:"猫猫说了,白天鹅没事,还活着呢！是我们的女儿为它祈祷,保佑了它,走,我们快去救白天鹅去！"

他们匆匆来到那家野味餐馆,前前后后搜寻着,果然在后院看到一个铁笼子,里面关着一只白天鹅。他们当即找到餐馆老板,提出要买下白天鹅,餐馆老板一脸欢喜地说:"可总算有人要这只白天鹅了!我还奇了怪了,这长时间了,怎么就没遇上一个买主,再没人要,我就把它杀了,炖了自己吃!""你敢吃白天鹅,小心变成癞蛤蟆!"汤婷婷的爸爸愤愤地说。

那个老板听他这么说,不吭声了,赶紧跟他谈好价钱。汤婷婷的爸爸也不想再跟他啰唆了,把钱给了他,然后抱起白天鹅就往湖边跑。跑到湖边,他一边把白天鹅放回湖里,一边朝远处的白天鹅叫道:"我把白天鹅救回来了!汤婷婷,你快回来呀!"

那两只白天鹅赶紧往岸边游,三只白天鹅终于相会了,它们兴奋得相互亲昵地啄着羽毛,扇着翅膀,拍打着浪花,还嘎嘎地说个不停。

看到它们那么亲热的样子,汤婷婷的爸爸挽着妻子的手说:"走吧,我们回家吧,我们回去等着女儿回来!"

第二天早上,一觉醒来,汤婷婷的爸爸就赶紧朝婷婷的屋里跑去,定眼一看,婷婷在床上睡得正香哩!"花花"也正趴在床尾,舔着婷婷的小趾头呢!他赶紧走回去把婷婷的妈妈摇醒,兴奋地叫着:"我们的婷婷回来了!"

这时,婷婷也被他们兴奋的动静闹醒了,她睁开眼睛,打了个大大的哈欠,对兴冲冲跑过来的爸爸妈妈说:"我刚才做了一个好美的梦呀,我变成一只白天鹅了!"

两只老鼠一起偷东西的故事

小朋友,老鼠是个坏东西,害人精。你们一定都知道吧!可关于它的故事也很有趣哩!这里给你们讲一个两只老鼠一起偷瓜子的故事。

夜深了，两只老鼠一东一西钻进了屋子，虽然它俩来自不同的方向，可两只老鼠长得像极了，都是中等个，简直像一个窝里出生的哩！不光模样儿像，肚子里也一样在咕咕叫哩！因为白天屋子里闹腾腾的，两只老鼠都一样蜷伏在窝里不敢动弹，饿了一整天哩！此时，它们睁着同样贪婪的目光四处搜寻着食物，当然也不忘一边竖起耳朵听动静，万一有个风吹草动，好撒脚逃命哩！

蓦地，两只老鼠的眼睛同时一亮，同时发现在它们的当中有十几粒瓜子。两只老鼠差点同时高兴得笑出声来。那瓜子仁多香啊！奇怪，两只老鼠都只伸了伸舌头，可谁也没有挪动脚步，都伏在不远处盯盯瓜子，瞪瞪对方哩！原来，两只老鼠又都同时发现了瓜子散落在一个黑黝黝的铁器上。这个铁器令它们猜疑、生畏哩！所以两只老鼠都希望对方先去吃瓜子，好探明有无危险。

时间一点一点地过去了。两只老鼠都很有耐心地一直伏在那里，等着对方先行动，谁又不愿意离开去寻找其他的食物，怕自己一走，对方把瓜子吃光了，不划算哩！

就这样等呀，等呀，突然，不远处传来大公鸡的叫声。两只老鼠心里都慌了。天眼看就要发白了，到嘴边的东西再不吃就吃不到嘴了，那该多失望，多痛心啊！那要叫它们后悔一辈子哩！终于，有一只老鼠再也耐不住了，小小心心地走到瓜子旁边，先用一只爪子搭上前，左右扫了扫，没有一丝动静，它的心里涌上一阵侥幸的感觉。然后，它就用嘴上前轻轻咬住瓜子嚅动起来，一会儿就吃了一个。仍没动静，它悬着的心这才放下了，放心地去吃第二粒瓜子。另一只老鼠这下可慌了，它再不去，瓜子就要被吃光了。它连忙飞快地跑上前，咬起一粒瓜子。先来的老鼠可不愿意了，它叽叽咕咕地提起抗议来："哼！你倒精得很哩！我冒险探来的食物你来争夺！哼！哪有这好的事！"它连忙吐出瓜子壳，吞下瓜子仁，向那只老鼠咬去。另一只老鼠当然也不服气，和它对咬起来。两只老鼠正打得难解难分，突然"啪"的一声，一个沉重的东西向两只老鼠压来。两只老鼠的胆都吓破了，还没逃出半步，就一起被夹住了。两个头并在一起互相摆着、叫着，两只尾巴还在绝望地互相扫哩！

神秘的猫头鹰

　　那天晚上,大人们都到村委会去选村主任去了,孩子们都如同脱了缰绳的马,乐疯了。他们成群结伙地跑到村子后的一片大树林里玩起了捉迷藏,一直到快十点半了,才一个个被大人们呼喊了回去。

　　回到家已是十分疲惫的田根根连脚都懒得洗,便倒在床上睡去了。半夜里,田根根的母亲起来解手,蓦地发现田根根口吐白沫,已经失去了知觉。她呼天抢地的呼叫把田根根的奶奶惊醒过来,她慌颠颠地跑到这边房,一看见孙子那个模样,就明白孙子是得了"羊角风",赶紧用把草塞在根根的嘴里,又用手狠劲去掐根根的人中,田根根这才缓过气来。

　　田根根虽然醒过来了,但奶奶却长叹地对根根的父母说:"我孙子命苦啊! 这个病一得到身上就麻烦了! 爱三天两头的发! 你们今后可千万要随时盯着根根啊! 他一发羊角风,如果不及时掐他的人中,就可能缓不过气来了!"

　　田根根的父母听了,心里如同刀绞一般,他们暗暗祈祷,但愿田根根的这个病只是今天晚上偶然发一次而已!

　　然而,田根根奶奶的话却不幸言中了,三天之后,田根根的"羊角风"果真又发了一回,根根的父母把根根送到最大的医院去看。医生们也说,这病是难治彻底的,要根根的父母随时跟着田根根。

　　田根根得了"羊角风"的消息顿时在整个村里传遍了。老人们便说:田根根得病的原因是那天晚上在树林里撞到邪了,那片树林里每天晚上都有邪鸟猫头鹰叫。有个好心的老奶奶还找到根根的奶奶说:"要想你孙娃子

的病根去掉,就得把那林子里那只老邪鸟抓来烧给孙子吃了。还是民国那年,后山钱庄的钱喜娃就是这样治好的。"

根根的奶奶便催着根根的爸爸想法去林子里抓那只猫头鹰,根根的爸爸虽不大信,但抱着死马当作活马医的想法,也就编了网,每天晚上到那林子中去想法捕获那只老猫头鹰了。

有一天早上,根根一觉醒来,就听奶奶在门外兴奋地说:"这下可总算把这只老猫头鹰逮住了,我孙娃子的病有治了!"

田根根忙翻身下床,冲到堂屋一看,果真看见地上有一只被绳索缚住的猫头鹰在瑟瑟发抖,那转动的黄眼珠流露出惊恐的神色,显得十分可怜。

根根忙求奶奶道:"奶奶!把猫头鹰放了吧!我们老师说猫头鹰是益鸟,是国家的保护动物呢!"

奶奶说:"傻孩子!什么益鸟,保护动物和咱有啥相干!治你的病要紧!你明年不就要上中学了吗?听说你这病不治好,中学校都不收哩!"

根根见劝说不了奶奶,又转身去劝爸爸,说:"爸爸,你也是上过中学的,应该知道说猫头鹰是邪鸟那是迷信!放了它吧!"

爸爸却闷声闷气地说:"放了它,没那么便宜!我一连守了三个通宵才总算逮住它哩!这都是为了你的病嘛!等会,我把这猫头鹰杀了,叫你妈烧了给你吃了,你奶奶和你妈妈心里也好受些!你要想想你奶奶和你妈妈这些时日多可怜,晚上都轮流守在你身边,没睡上一个好觉哩!"

田根根见说不动奶奶和爸爸,只有怏怏地低下头,他瞥了一眼那只猫头鹰,见它正转动着黄眼珠,凄楚楚地看着自己,他心里为猫头鹰难受。他见爸爸转身去厨房拿刀去了,心里更着急了。蓦地,他心生一计,抱起猫头鹰说:"奶奶,你们既然这么说,我只有听你们的了!不过,我也听老奶奶们说,要治好病,还得把这猫头鹰抱着去那林子里转一转哩!"

奶奶便说:"那好!我就跟着你去转转吧!"

田根根抱起猫头鹰一出门,就撒开腿往那林子里跑,急得奶奶在后面喊:"慢点,孙娃子,奶奶赶不上趟哩!"

田根根也顾不上跟奶奶搭腔,一口气跑到林子里,就解开缚在猫头鹰身上的绳子,对猫头鹰说了声:"你赶紧远走高飞吧!"

　　那猫头鹰双脚一弹,一下子就蹦到了旁边的一棵树上,瞪着黄眼珠,望着田根根,好像在感谢田根根。这时,身后传来了奶奶和爸爸的叫声,田根根赶紧对猫头鹰挥了挥手说:"快飞走呀! 我爸爸来了!"

　　那只猫头鹰像听懂了根根的话似的,这才展开翅膀飞隐进了密林。

　　一会儿,根根的爸爸和奶奶气喘吁吁地跑到了跟前,见根根手上空空的,便急着问:"猫头鹰呢?"

　　根根装着很委屈地说:"它的爪子把我的手抓疼了,我就把它放在地上,谁知它就挣脱绳子跑了!"

　　"嗨! 你呀! 真是不懂事呀! "根根的爸爸气得狠狠拧了根根一下。

　　根根的奶奶在一旁也是长吁短叹。根根忙安慰奶奶和爸爸说:"吃了猫头鹰也不见得就能治好我的病! 如果我这病真是猫头鹰给带来的,它从我手上跑了,说不定也就把这病带走了哩!"

　　奶奶听了,忙在一旁自言自语道:"阿弥陀佛! 但愿如此吧!"

　　这天晚上,田根根真的没有发病,根根的奶奶和爸爸心里头才好受了些。

　　第二天下午,恰逢老师们开会,放学早,田根根没有直接回家,他又去了那片树林。不是他仍然惦记着那只猫头鹰,而是那片树林里蘑菇多,他是个懂事的孩子,想多采些蘑菇卖钱,家里为他上学、看病,需要不少钱哩!

　　采着采着,天渐渐有些晚了,树林里暗淡下来。田根根正准备回去,蓦地,他听到一声鸟的扑扑声,他抬起头一看,发现树上有只猫头鹰正瞪着黄眼珠望着自己哩! 咦! 好像就是昨天自己放的那只猫头鹰,田根根定定眼神,仔细地看去,咦! 这猫头鹰嘴里怎么噙着一根缀满红果的枝条,根根正觉得奇怪,那猫头鹰嘴一松,那根缀满红果的枝条便落到根根的面前。"哦! 你猜我是口渴了,特地送来红果果的吧! 你这只猫头鹰真是了不起! 知道报恩哩! "田根根对着猫头鹰说道。那猫头鹰好似听懂了根根的话,叫着回应了一声,就飞走了。

田根根手捧着那红果子,见这些红果子十分好看可爱,但却认不出这红果子是长在什么树或荆条上的,他犹豫了一下,口实在渴得很,还是忍不住把这些红果子吃了下去。"嗯!酸甜酸甜的!真解渴!"

根根采了一大包蘑菇回到家,奶奶和妈妈见了,就问:"在哪采的,有这么多?"

根根不愿撒谎,便照实说了:"在后面那片黑树林里。"

奶奶和妈妈顿时急出了泪花说:"你怎么还敢一个人跑到那片林子去呢?"奶奶又跟妈妈交代:"今晚得留点神,小心根娃又要发病!得留一个人守在他身边。"

根根听了懂事地说:"不要守在我旁边,你们那样太辛苦了!"

妈妈感叹地说:"你呀!不知道大人的心呀!等你长大了,也当大人了,就知道做父母的心啰!"

这一夜,根根睡得特别香。早上,他醒来了,见妈妈依然守在身旁,便问:"妈,我昨晚没发病吧?"

妈妈现出一丝笑容,说:"没有。"

"那你们今晚就不要守在我旁边了,我昨晚梦见了那只猫头鹰。它说我的病好啰!不会再发啰!"根根兴奋地说。

妈妈被他这充满稚气和幻想的话逗笑了,她也怀着希望地打趣道:"大概是你放了猫头鹰,它来报恩啰!"

虽然心存着一种希望,但到了晚上,根根的妈妈和奶奶还是轮流守在根根的身旁,但这晚,根根的病真的又未发。

一连半个月过去了,根根的病再也没发过。当村里人知道根根放了猫头鹰的事,便都说:"看来好心有好报呀!肯定是那猫头鹰显灵啰!"自此,村里人再也没有人把猫头鹰当邪鸟了,相反都对猫头鹰肃然起敬起来。

根根的心里也一直存了一个谜:那猫头鹰送给自己吃的红果子,难道就是一种治病的药材?!如果真是那样,猫头鹰,你也真是太神秘了啊!

电脑飞来之谜

外星人送给陈响一台电脑啦！这令人称奇的消息在新才中学广为传扬。许多同学见了陈响都要好奇地追问一番，陈响虽承认是外星人送来的电脑，但却严守来龙去脉的秘密。同学们虽都有些失望，但都相信这事是真的了。同学们都知道陈响的家庭情况，母亲已经病逝，而父亲又在外地打工，每月也就只给陈响汇来二百元的生活费，又没听说过陈响有什么阔亲戚，陈响要想靠自己买一台电脑那可是比登天还难，而陈响现在家里又真真确确摆着一台全新的电脑。看来外星人也有慈爱心，能满足穷孩子的愿望。

其实陈响自己也想知道外星人怎么知道自己想要一台电脑，他也很想见见那个外星人的面，可外星人却也像中国的雷锋，做了好事却不愿露出真面目，叫陈响每天夜里躺在床上，都要默默地呼唤几声："好心的外星人呀！你在哪里！我能当面向你说一声谢谢吗？！"

陈响虽然才读初中三年级，可在班上是个有名的科幻迷，他每个月宁可少吃几天早餐，也非要去买新到的《科幻世界》杂志。看多了科幻小说，陈响也像着了魔，常把"外星人"挂在嘴边，有几次作文课，他还用科幻作品的手法来写作文哩！居然还得到了老师的肯定，称他的作文富有想象力。

陈响的科幻头脑和想象力还在电脑课上得到了充分的发挥，他的电脑课成绩在全班是最好的，同学们都称他是电脑天才，还一致推举他为电脑课代表。可陈响在全班同学中也可能是摸电脑最少的一个了，因为学校每个星期才开一堂电脑课，只有上电脑课时才能到专门的电脑教研室去操作一

番。同学们尝到电脑的乐趣后，都缠着自己的父母买了电脑，只有陈响靠梦想来拥有自己的电脑，因为他家里太穷了！上中学时，家里连一只新书包都舍不得给他买，现在用的书包还是陈响的妈妈自己用几块旧帆布缝制而成的。

几个月前，陈响的妈妈还没有病逝，陈响由于太渴望拥有一台自己的电脑，曾吞吞吐吐地向妈妈表达了自己这个愿望，并表示自己宁愿每天不吃早餐，这样每天可以省下一块五毛钱。妈妈听了后，长长地叹了一口气，可当她看到陈响那失望的眼神后，又安慰他道："孩子，你现在正是长身体的时候，早餐一定要吃！让我来想办法每月积攒一点钱！我一定会给你买台电脑！"

母亲的话使陈响看到了希望，那几天他兴奋异常，可有一天，当他发现母亲吃药时，只是拿了个药瓶子，做了一个喝药的假动作后，他才明白，母亲为了想攒钱给自己买电脑，连保命的药都不吃了。陈响当时就跑到了母亲的面前，哭着说自己不想要电脑了，要母亲一定坚持吃药。母亲含着热泪说："我的好响儿，我听你的话，药我吃，但我也一定会想办法给你买台电脑的！"

可是一个月前，陈响母亲的病却突然恶化，临终前，她拉着陈响的手，指了指上天，口里喃喃地不知嘱咐了什么，陈响只听清了两个字："电脑"，其他什么都听不清了，但他心里却听明白了，母亲是说就是上了天堂，也要想法保佑响儿能得到一台电脑。泪水模糊了陈响的眼睛，母亲闭上眼睛的最后一刻他都没能看清，他心碎地抓住母亲病逝的床不愿放手，还是陪同他赶到医院的班主任老师再三劝说，他才松开了手。

母亲逝世后的一个月，清明节到了，陈响想起父亲安葬完母亲后，临去外地打工时，曾嘱咐他清明节那天一定要去母亲坟前敬香，所以清明节前一天放学时，陈响就去班主任老师那里请假。老师亲切地抚着他的头道："你去吧！多安慰安慰你的妈妈，你妈妈在天之灵也会保佑你健康成长，心想事成的！"

第二天一大早,陈响就孤零零地来到了母亲的坟前,他点燃了一束香,插在母亲坟前,开始默默地跟母亲交谈。正在他凝神静气的时候,蓦地起了一阵怪风,从母亲坟头后的松树枝上飞下来一个洁白的信封,正好飘在了母亲的坟头上。陈响很是诧异,把那封信拿了起来,只见信封上面的字很古怪,像蝴蝶,但陈响却看得清楚,上面赫然写着"陈响收"。

陈响赶紧打开了信,只见上面写着:陈响同学,我是"爱心球"上的人,我们都充满了爱心。你母亲在天之灵的愿望我们都知道了,所以特地来送给你一台电脑。你赶快回家吧,电脑已在你家门口等着你哩!

陈响十分惊异,怀着满肚子的狐疑赶回了家,果然门口有一台电脑,旁边一个工人师傅见陈响开门,便问:"你就是陈响吧?"陈响"嗯"了一声,那工人师傅道:"有人叫我们给你送电脑来。"

陈响问:"谁叫你们送的?"

工作师傅道:"我们也不知道,我们只管送货,你在这个单上签个收到就行了。"

陈响签了字,那个工人师傅把电脑帮他搬进家,打了声招呼就走了。

剩下陈响呆呆地看着那台电脑,他怀疑这一切都是在梦中,可上前去摸电脑,却是真实的,掐掐自己的大腿,也感觉到疼。正在这时,同班同学赵天进来了,见了电脑,很是惊奇,问这是谁送来的,陈响还没从惊奇中回过神来,便喃喃地说了声"外星人"。

这样一来,"外星人"给陈响送电脑的事就在全校传开了……

有了电脑,陈响的生活也有了乐趣,他不再孤单,每天晚上放学后一做完作业,就要扑到电脑上玩上两个小时,渐渐地,他也学会了在网上聊天,并给自己取了网名:爱心球人。他希望有一天"爱心球"的人看到他这个名字后,会来跟他联络。

陈响在网上还认识了许多的同龄网友,其中有一个网名叫"爱心天使"的跟他很是有缘,那天,他一报出"爱心球人","爱心天使"就惊呼:"哇塞!我们都是同一个爱心家族的啊!"陈响跟她聊得很是投机,她同样也喜欢

看《科幻世界》，同样在班上也是电脑课代表，最主要是当她得知陈响每天都是独自一人在家后，每天一上网，首先就会说：你不是孤独的，因为你有一群有爱心的朋友，我来了！

有一天晚上，陈响正和"爱心天使"聊得开心，突然"爱心天使"打出了一行字：遗憾，我只能最后跟你聊五分钟了，因为我小姨要急用电脑，我是每天在小姨家上的网！

"难道你没有属于自己的电脑吗？"陈响问。

"爱心天使"回答：本来我爸爸妈妈答应在我今年的生日那天送给我一台电脑，后来到了生日那天，我的妈妈告诉我，说为我准备的电脑叫外星人拿去了，送给了一个比我更需要电脑更需要关怀的苦孩子。我知道妈妈的话一半是说笑话，一半是真的，但我理解我的爸爸妈妈，他们都是这世界上最有爱心的人。我的爸爸妈妈答应我，在我下一个生日的时候，一定会送我一台电脑，也就是说再有八个月零八天，我就会拥有一台属于我自己的电脑了！

看到"爱心天使"发来的这一段话，陈响蓦然想道：自己的电脑不正是三个多月前由"爱心球"的人送来的吗？难道……他赶紧给"爱心天使"发过去一句话："你妈妈是不是新才中学的老师，她是不是叫艾琴？"

"爱心天使"立即发过来一片惊呼："哇！你怎么猜得这么准？！你是不是真成了神通广大的外星人！"

"我不是外星人，是爱心人的接班人，是你妈妈的爱心教我这样做的！来吧！从今以后，你每天晚上和星期天都到我这里来上网吧！让我们共同拥有电脑，共同拥有爱心！"

装鬼后的内疚

　　我现在已长大成人了，但我始终不敢回忆少年时代在舞蹈学校的生活，因为我曾经伤害过一个女同学，只要一回忆那段往事，我就有着一股深深的内疚……

　　那时，我们少年舞蹈班的同学只有二十四人，男生十二名，女生十二名，都是十二三岁的孩子，也都是那样聪明活泼可爱。可正因为是孩子，所以顽皮的天性也时时张扬出来。

　　有一天下午，我们男生都在足球场上踢足球，自由活动的女生们不知谁想了个鬼点子，跑到我们男生的宿舍，把我们的臭袜子都从枕头下翻了出来，然后统统挂在我们男生宿舍的门口。当我们一个个玩得满身汗水回到宿舍时，一双双臭袜子在门口迎风招展地迎接着我们，把我们气得嗷嗷叫，一致声称一定要报复女生们，经众男生一致怂恿，我就成了报复女生的急先锋。

　　这天晚上，全班都在教室里自习，当下课时间快到时，我悄悄溜到女生宿舍，将女生宿舍的灯泡统统去掉，然后用一个白浴巾披戴在身上。当女生们回来的脚步声渐渐近了时，我将嘴大张，舌头伸得老长，装成一副鬼的模样，门被轻轻推开了，走在最前面的是乔娜，当她蓦地看到一个白色的鬼出现在面前时，吓得尖叫一声，就昏倒在地，趁女生们一个个吓得慌乱成一团时，我悄悄翻窗溜了出去。女生们此起彼伏的尖声招来了老师，当她把女生宿舍的灯打开时，只见乔娜正躺在地上，口吐白沫，手足抽搐，老师赶紧把乔

娜抱上送往医务室急救。

老师开始追查是谁搞的这起恶作剧，我心里很紧张，害怕老师查到我头上，但男生们抱成一团，一致说是自己，老师查了十来天也没查出个结果。她也清楚，这是全体男生一致通过的恶作剧，便只有对全体男生批评了一通，并警告男生们不要再搞这样的恶作剧，男生们规矩了一阵，但却止不住乔娜被吓的后遗症，隔一段时间，乔娜半夜里就被噩梦吓得尖叫一声，然后昏死过去，口吐白沫，四肢抽搐，这样反复发作几次后，医生诊断乔娜患了永久性的癫痫，老师们只有通知乔娜的父母来把乔娜领回家去……

乔娜走了，我虽然没有受到老师和学校的谴责，但我从此开始内心受到谴责，随着年龄越大，内疚的心理就越强，我常常会跑到一个无人的地方大声喊着：乔娜！对不起！原谅我吧！

在这里，我也要告诫青春年少的朋友们，请接受我的教训，开玩笑一定要掌握分寸，千万不要过火！

观察生活

一个星期天的下午，我准备上超市去，儿子嚷着要跟我一起去，我说："你不是正在写作文吗？"儿子摸摸头说："我有点写不出来，你不是常教我写作文要观察生活吗？我今天就跟你去超市，观察一下生活！"

我猜儿子是不想写作业了，编个理由想跟我一起去玩，但我又想不出驳他的理由，就只好带他去。一路上，我还一直笑儿子是个"鬼灵精"哩！

进了超市，儿子果然东张西望起来，我正暗笑他装模作样，他却蓦地贴近我身边,悄悄指着一个正在往出口疾走的大肚子孕妇说:"妈妈,你看,那个大肚子怎么会跑得那么快呢?肯定是个假大肚子,说不定怀的是个'怪胎'哩!"

我一看,觉得儿子的观察与分析有点意思,我赶紧走到一个保安旁边,把儿子的怀疑告诉了他。保安立即飞快地跑去把那个"大肚子"孕妇拦了下来,我赶紧拉着儿子跟过去看个究竟。在保安严厉的审问下,那个"孕妇"果然乖乖地从大肚子里掏出来十多条烟。

儿子看了笑着跳了起来道:"妈,你教我观察生活真棒!"

笔盒不见的秘密

你说稀奇不稀奇,四年级一班有五个同学的笔盒突然一起不翼而飞了。顿时全班同学闹起了不团结,你怀疑我,我怀疑你,"小偷"的外号到处飞。到底是谁偷了笔盒呢?

这天早上下第一节课的时候,金琦悄悄把杨冰拉到一边,神秘地说:"杨冰,我知道你的笔盒是谁偷去了!"

"谁偷去了?"杨冰的眼睛顿时瞪得大大的。

"胡倩。我昨天到她家去玩时,她弟弟正好拉开抽屉,我看见有好几个笔盒在里面,其中有一个好像就是你的。"

"好哇!原来是她偷了我们的笔!走,我们告诉姚老师去!"

"你们怎么知道是胡倩偷去的呢?"姚老师也很吃惊。她这么多天也一直在琢磨到底是谁为什么要一气偷五个笔盒。

"她昨天到胡倩家去玩,看见了我的笔盒!"杨冰指指金琦。

"你怎么知道是杨冰的笔盒?"

"我认得杨冰的笔盒,我们班上只有她的笔盒是'变形金刚'式的,是他爸爸专门从广州带给他的!"

"哦!"姚老师想了想,亲切地对杨冰和金琦说,"你们俩先不要声张,等我调查清楚了,会告诉你们,也会处理的!好吗?"

杨冰和金琦懂事地点了点头。

杨冰一连等了三天,也没见姚老师处理这件事儿。放学后,她找到办公室。

"姚老师,我的笔盒到底是不是胡倩偷去了?"

姚老师抬起头来笑道:"你问得正是时候哩!明天早上我向全班同学揭开这个秘密!你再耐心地等一个晚上好吗?"

从姚老师那里出来,杨冰没有直接回家,而是到了金琦家里,把这个即将揭开秘密的秘密透露给了好朋友。

第二天早上还没上课,同学们都知道了姚老师今天要揭开一个秘密的秘密。

"同学们,这堂课我先要向大家揭开一个秘密,那就是关于五个笔盒一起不见的秘密,现在我如实地告诉大家——是我们班胡倩同学拿去了。"

姚老师话音未落,全班就哄开了。"咦,奇怪!胡倩怎么恰恰今天没来呢?"

"最近几天,胡倩的肚子有点不舒服,我今天早上叫我爱人陪她上医院看病去了。我特意在胡倩不在的时候向大家揭开这个秘密!"

全班同学的眼睛此时瞪得更大了。猛然,大家发现姚老师那美丽的眼睛里闪出了泪光。

"同学们,我到胡倩家中作了了解,才知道她有一个后妈,对她不好。她父亲又经常出差在外,顾不上关心她。有一次胡倩的钢笔不见了,她找后妈要钱买,后妈不但不给,反而骂她是蠢货,说人家偷了你的笔,你不晓得也偷人家的笔！不知大家注意到了没有,胡倩从来就没用过笔盒,她多么希望也像大家一样有个漂亮的笔盒啊！时间长了,这种羡慕在她心里就变成了一种嫉妒。在这里,我要特别提醒大家:你们千万不能说胡倩是小偷啊,否则就会伤害她的自尊心。一个人犯了错误不要紧,只要改正了就好！胡倩需要我们的关心和帮助……"

第二天早上,当胡倩走进教室的时候,同学们都已整整齐齐地坐在了位子上。她正疑惑不解时,大家突然一起站了起来,向她唱道:"祝你生日快乐！祝你生日快乐……"

这时杨冰走到她跟前说:"胡倩,今天是你的生日,我送给你一个笔盒,请收下！"大家轮流送上了礼物。

胡倩感动得哭了起来。

这时,姚老师提着一大盒生日蛋糕走了进来,大声宣布:"同学们,让我们一起分享胡倩同学的生日蛋糕！让我们永远记住这生活的友爱！"

名字

听说我们厂的退休工人刘德明老师傅中了风,我这个新上任的工会主席决定去看看他。我好容易才找到刘德明师傅所住的院子,却又茫然了,因为我不知道刘师傅到底住在哪一个单元。我想找个人问问,一抬头,见前面有几个少男少女围在一起,就赶紧走了过去,一靠近他们,就听一个少女发出惊叹的声音:"这小妞真聪明,这么小就哪个明星都认得！"

我好奇地往里一瞅,原来这帮少男少女围着的是一个只有五六岁的小

女孩，这小女孩打扮得像个小公主，样子又生得十分可爱。只见一个小帅哥拿着一沓明星的画片在逗她玩，“这是谁？”“张柏芝。”“这呢？”“赵雅芝。”……小姑娘每看一张画片想都不想，脱口而出，她每答对一个，周围的少男少女都要发出啧啧的惊叹声。

我想：这小姑娘的记性真好，说不定她知道刘师傅的名字，便走到小姑娘面前问：“小姑娘，我问你一个人好不好？”

“好！你问吧！我都知道！”小姑娘昂起头，露出一副骄傲和自信的神情。

“请问你们这里有一个名叫刘德明的爷爷，你知道吗？”

小姑娘一时哽住了，她摸着脑袋支支吾吾地说：“刘德明不是个明星吧！”

我说：“不是明星，就是住在你们这儿的一个普通的爷爷！”

“不知道！我不知道！又不是明星，我怎么知道！”小姑娘噘起嘴，有些不耐烦了。

我只有抬起头问周围的几个少男少女：“那请问你们知道刘德明师傅住在哪儿？”

那几个少男少女也都摇了摇头。这当儿，一个少妇从一幢楼里出来，一边向我们走来，一边得意地冲着我们说：“我家的小燕子聪明得很，哪个明星她都认得，你们考不倒她的！我还准备叫电视台来测试测试她哩！”

一个小帅哥对我说：“你去问问小燕子的妈妈吧，她是这里的老住户了。”

等小燕子的妈妈走近了，我就问：“请问这位大姐，有一个叫刘德明的老师傅住在哪一单元？”

小燕子的妈妈听了后说：“这名字有点熟，让我想想。”她拍了拍脑袋想了半天，突然扑哧笑出声来：“对了！我家小燕子的爷爷就叫这个名字！”

周围几个少男少女都笑了，我却一时笑不出来……

童欣和树

暑假的第一天,童欣早早地就醒了。他一睁开眼,见爷爷正要出门,便忙爬了起来道:"爷爷,我跟你一起出去玩!"

爷爷停住脚步道:"好哇!有孙子陪我散步,不亦乐乎也!"

童欣欢欢喜喜地挽着爷爷的胳膊出了门。

爷爷边走,手掌上边玩着两个健身球对童欣道:"我每天早上都是到秋丰路那里的街心花园转转,那里树多,空气新鲜。"

一路上,每遇熟人,爷爷就要高兴地向人家介绍:"这是我孙子,九岁了,上三年级。"

熟人们也会夸奖几句:"你孙子看样子聪明得很咧!"爷爷就一脸欢笑。

就这样,爷爷带着童欣,一路欢笑着来到了秋丰路上的公园。

走进公园,童欣就甩开爷爷的胳膊,连蹦带跳起来。这里树呀,花呀,草呀真美啊!童欣疯跑了一气,蓦地,他站住了,竖起了两只耳朵,他听见一棵大树上传来鸟的歌唱声,他轻盈地走到那棵大树下,目不转睛地看着那树梢上一边跳跃追逐,一边啼叫的两只鸟。多可爱的鸟啊!童欣在心中感叹着。

这时,走过来一个矮胖胖的中年人,他一边走,一边甩动着胳膊,当他来到大树下时,他蓦地两脚一跳,两手抓住那棵大树伸出来的一棵还没他胳膊粗的树枝,把它当作单杠一般一上一下,只见整棵大树都抖动起来,那两只鸟儿凄厉地叫了一声,惊恐地飞走了。童欣心里难受极了,眼里溢出了泪花,他对那个人说:"伯伯,我求求你了,不要这样好嘛!你再摇这树枝,它就要

第一辑 小说

断了！"

那中年胖子边喘着气边说："小朋友，你放心，这树枝断不了，它结实得很！我每天都要在这里锻炼一气！"

童欣仍是央求道："伯伯！下来吧！它虽然断不了，但它疼得也受不了哇！"

那胖子哈哈大笑起来："到底还是个小孩子，说话都好笑，树也会知道疼？"

童欣却一本正经地说："当然啦！树也是有生命的嘛！要不然他怎么会从小长到大！"

说得那个胖子哑口无言，只有放开两手，走开了，边走边嘀咕："今天真晦气，遇到个小毛孩！又不是我一个人这样锻炼，你管得过来？！"

童欣本来正要去找爷爷的，听胖子这一嘀咕，就站住了，他要守在这儿，不让人来揪摇这树枝了。果然，一会儿，又过来一个年龄不算太大的奶奶，她正要去抓树枝，童欣忙说："奶奶，我求求你了，不要去碰这树枝好吗？上面的鸟儿都待不住！"

那奶奶听了，脸一红，也不吱声，默默地走开了去。

这时，爷爷走了过来，说："欣欣，肚子饿了吧？走，跟我一起去吃早餐。"

童欣说："我不走，你去帮我买两个包子来，我就在这里吃。"

爷爷问："怎么，头一回来，就玩得舍不得走了？"

童欣说："我一走，那些叔叔伯伯、爷爷奶奶就要来抓摇这个树枝，害得这树难受得直抖，上面的鸟儿都待不住！"

"哦！原来是这样！好孙子，我支持你！好吧！我这就给你买包子和豆浆来。"

一会儿，爷爷把早餐买来了，童欣一边吃，爷爷一边抚着童欣的头说："好孙子啊！你比爷爷有觉悟啊！我每天到这里来散步，有时也见有人抓树枝，把这树枝当锻炼的工具，我心里也觉得有些别扭，但又不愿说，怕得罪人，只有装作没看见似的走开！从今以后，爷爷要向你学习！"

童欣听到这里,高兴得一下蹦了起来:"好哇!我有接班人了!"

爷爷笑道:"我怎么倒成了你的接班人?"

童欣道:"爷爷,我准备暑假期间,每天上午都在这大树下守着,不让人来摇树枝。可我刚才还在想着,暑假过后,我上学去了怎么办?你向我学习,不就是愿意帮我在这大树下看着,我上学去时,你来,不就成了我的接班人!"

说得爷爷哈哈大笑起来。

爷孙俩就这样在大树下有说有笑地守了两个来小时,到九点多时,太阳已经升得老高了,爷爷对孙儿说:"欣欣,我们可以回家了,到这公园里锻炼的人,九点前都会回家去的。"

童欣左右看了看,确信公园里没什么人了,这才依依不舍地离去。

从此每天早上,到这公园锻炼的人都会发现,在这棵大树下,有一个小男孩守在这里。

一转眼,一个月都过去了,这一天早上,童欣正守在树下看那鸟儿在枝头上欢跳着,这时,突然过来了好大一群爷爷奶奶,把童欣团团围了起来。童欣正奇怪怎么一下来了这么多爷爷奶奶,其中一个满头银发的老爷爷抚着童欣的头开口了:"好孩子!你也要开学了!从明天起,你就不要来守在这树下了!我们保证不再碰这棵树了,而且,我们也商量了,相互监督,不让任何人再伤害树了!你放心地去上学吧!"童欣感动得两只眼睛泪光闪闪,他抓了一下头发,终于想出了词:"你们真是好爷爷奶奶!我代表所有的树谢谢你们!"

养鼠

　　我属鼠,因而对鼠类产生了兴趣。经过多年的潜心观察,琢磨研究,终于破译了老鼠的语言。

　　我们人类常常听到老鼠"吱吱"的叫声,那其实就是老鼠的语言。老鼠如遇到一个搬不动的食物,就会招呼亲属们一起来搬;如遇到有同伴们来争食,就会骂它,叫它滚;如被夹子夹住了,也会向妈妈求救:"妈妈,我被夹住了呀! 快来救我呀! "

　　我懂得老鼠的语言后,了解到老鼠的世界就如同人类一样是生动、灵性的,也是充满了喜怒哀乐、七情六欲的,便渐渐对它们产生了一份同情感。

　　有一天夜里,我通过老鼠们恭敬的叫声,终于寻觅到这个区域的鼠王。鼠王见了我,正要惊慌地逃走,我忙用老鼠的语言叫住了它:"请不要害怕,我是不会伤害你的。"

　　鼠王由于好奇,停住了脚步,但它仍怀有戒心,伏在离我好几米远的地方,转动着眼珠说:"我不相信你们人类的话! 你们人类是最狡猾透顶的,为了捕杀我们,什么诱饵花招都想得出! "

　　我尽量用安抚的口气道:"我发誓,我绝不会诱杀你! 只是想跟你们交流交流! "

　　鼠王用不屑一顾的口气道:"有什么好谈的! 我们鼠类心里清楚得很,你们人类对我们老鼠是恨之入骨的,总想将我们赶尽杀绝而后快! "

　　面对聪明绝顶的鼠王,我知道回避这个事实只会更引起它的反感,我坦诚地说："我承认我们人类是痛恨你们，那是因为你们使我们大伤脑筋，不仅偷吃我们的东西，还要把我们的东西咬坏！"

"我们不偷吃东西，不就都饿死了！这是我们唯一的生存之道。至于为什么要咬坏你们的东西。那是针对你们痛恨我们的报复！如果你们人类像宠养狗、猫、鹦鹉一样也宠养我们，我们也不会一天到晚提心吊胆地去偷了！"

鼠王的话反驳得我几乎无话可说了，我想了想说："人类不宠养你们我想有两个原因，一是你们可能没有狗、猫、鹦鹉那样听话有趣，二是可能嫌你们脏，你们身上带有使人致病的病菌！"

鼠王听了，冷冷一笑，又反驳道："你们人类的这些理由完全站不住脚，完全是对我们鼠类的偏见，如果你们宠养我们，难道我们会不听你们人类的话？！要知道，我们的智商并不比狗、猫低，我们的鼠类个个都是天生的杂技演员，扮怪相、翻跟斗、作揖样样都会，同样会给你们人类带来乐趣。至于说我们脏，会给你们带来疾病，那并非是我们天生的，而是为了生存钻阴沟、地洞后天带来的，如果我们像你们宠养的狗、猫一样整天刷洗、打针、消毒，我们还不是干干净净的，话说回来，狗、猫难道身上就没有细菌，就不会给你们带来疾病？'狂犬病'会致你们人类于死地哩！"

鼠王的振振有词，简直无懈可击，使我既无话可说，又打动了我。我稍沉吟了片刻，说："你的话有一定的道理，我承认我们人类对你们老鼠是有偏见，要想改变这种偏见，还需要事实来说明。这样吧，宠养老鼠就从我来开始，你能不能给我挑几只小老鼠让我来宠养，如果我和它们相处得很融洽，我就向其他人类宣传、推广，这样逐渐形成一股领养老鼠的风气，最终，让我们人类和你们老鼠和平相处。"

鼠王也被我的真诚所打动了，它说："看来，我对你们人类也有偏见，我总以为没有一个人类会善待我们！虽然我对你还是不那么放心，但我同意你的建议！只当是一个试验！我愿把我的两个孙子交给你宠养！宠养成功了，也算我的家族为鼠类开辟一条新的生存之路作了贡献！如果不成功，我从此再也不会相信你们人类了！"

听了鼠王的话，我高兴极了！为了报答鼠王对我的信任，我还当即从冰箱找了一块肉丢给鼠王作奖赏哩！

第二天晚上，鼠王果真给我送来两只幼鼠，并叮嘱幼鼠一定要听我的话，不要乱跑，倘若擅自跑回去了，也会把它们咬死。另外，又郑重其事地向我声明："你要像养宠物狗、猫那样善待它们！我每天都会随时来暗中观察，倘使发现你虐待它们，我们的试验不仅结束了，而且，你还会遭到我们鼠类的报复！"

"好！请你放心！我们一言为定！"我向鼠王保证。

鼠王走后，我开始为两只幼鼠布置了一个舒适的窝，又为它们洗了澡、消毒，还教它们在指定的卫生间拉屎解尿。当然，我不忘随时给它们拿来喜爱吃的食物。

在我的精心照顾下，两只幼鼠逐渐长大了。它们不仅十分听我的话，而且还十分有趣，常常做出一些有趣的动作令我十分开心。在饲养它们的过程中，我发现它们身上的许多本领能为我们人类效劳。比如，有一次，我的一个戒指掉进一个洞里，我用手去掏，洞太小，伸不开手，用铁丝去钩，看不见，怎么也钩不着。我饲养的老鼠见了，连忙自告奋勇地钻了进去，一会儿就把我的戒指噙了出来。还有一次，我家厨房的下水管堵塞了，我正要打电话请人来疏通，两只老鼠说了声："主人，让我们来吧！"说着，它们就钻了进去，过了一会儿，它们各噙出一堆堵在水管里的杂物，水管霎时就疏通了。

老鼠甚至还救过我的命哩！那一次，我到外地出差，两只老鼠因为跟我有了感情，非要跟我一起去，我平素不敢带它们出门，怕人们对我饲养老鼠不理解。但这次，我经不住它们的央求，就把它们放在留有气孔的旅行袋，带着出门了。当天晚上，我住在一家星级饭店里，半夜里，我睡得迷迷糊糊之际，突然老鼠咬我的耳朵，把我搅醒。我正要训斥它们调皮捣蛋，谁知老鼠们却吱吱地告诉我："主人，要地震了！快离开这座饭店！"当我半信半疑地带着老鼠们走出饭店，来到饭店外的草坪时，猛地天摇地动了。我眼睁睁看着饭店在摇晃了几分钟后轰然坍塌……

在饲养了老鼠两年后，我开始撰文，叙述宠养老鼠的种种好处，饲养老鼠不仅有趣，还能对人类大有好处，老鼠机智、灵活、敏捷，许多人类做不到的事，它都能去做，而且它的嗅觉也十分灵敏，还能为人们报火情、察毒品。

可惜的是，当我把这篇文章写成后，没有哪一家报社愿意发表，投出去的稿要么就石沉大海，要有回音，也是大写着"荒谬绝伦"、"疯人呓语"等字样的退稿信！

这也就是为什么天底下到如今宠养老鼠的人仅我而已！

人类何时才会有效地饲养老鼠、利用老鼠呢？！我呼唤！

童稚

小明最爱看抓坏人的漫画，尽管他才上小学二年级，可看过的漫画，摆起来比他还高哩！他敬慕书中的警察叔叔，常对小伙伴说："赶明儿，我也抓个坏蛋给你们瞧瞧。"

一天傍晚，小明做完作业在院子里看漫画，忽听有人喊他，他抬头一看，一个独眼睛老头正笑眯眯地朝他走来。

"瞧这老头，准是个坏蛋。我可要防着点。"小明暗暗嘱咐自己。

"小明，你爸妈在厂里加班，今天要晚些回来。"老头从提包里拿出两个包子放在桌上对小明说，"快趁热吃吧。"

小明侧过身，眼斜着，心想："想收买我，我才不上你的当呢！"

"没见过我？我可认得你，我还有事，再见喽。"

独眼老头的背影渐渐模糊，而他那只眼睛却深深地印在小明的脑海中。

第一辑 小说

"像，像极了！准不是个好人。我先盯住他，再叫派出所的胡叔叔抓他。"想到此，小明疾步去追独眼老头。

眼看就追上了，老头突然拐进一条小巷不见了。

"准是接头去了，我就在这等着，不怕蛇不出洞！"小明在墙角躲了起来。

不一会儿，老头从一间大屋子里出来了。小明定睛一看，"啊，不好！这老头肯定是到派出所刺探情报去了！我得快去报告胡叔叔。"

小明蹑手蹑脚地从老头身后悄悄跑进派出所，一下子撞到往外走的胡叔叔怀里。

"胡叔叔，快……快抓坏人。"小明上气不接下气。

"坏人？在哪？"

"刚从你们这出去的……那个独眼老头。"

胡叔叔哈哈大笑，小明却急得跺脚："快去，去抓呀！"

胡叔叔不紧不慢地问："小明，你咋知道他是坏人？"

"他那只眼睛跟书上画的坏人一模一样。"

胡叔叔这才明白，小明是把老人与坏人"对号入座"了。

"小明，这老头是你爸妈单位的离休厂长田爷爷，在解放我们这座城市的最后战斗中，敌人的弹皮炸瞎了田爷爷的一只眼睛。刚才，田爷爷还送来一只捡到的手机哩。"

"那，书上干吗把独眼睛画成坏人？"小明睁大眼睛，疑惑不解地问。

"也许是让我们更恨坏人吧？"胡叔叔只能这样回答小明。

想出风头闹笑记

我已经长大了，都上初中二年级了。我不想再在班上默默无闻了，我也要出出风头，做一个"英俊少年"。正因为有了这种指导思想，我成了我们班最受欢迎的啦！为什么，因为我常闹得大家开怀大笑呗！不是我有赵本山、冯巩的才能，而是因为我为了出风头而冒冒失失闹出了许多笑话。

有一次，班主任老师在课堂上问："我们班谁学会了作打油诗？"我连忙站起来，一拍胸脯大声答道："我！"老师又问："那这首'日照香炉烤鸭店，鸡鸭鱼肉在眼前，口水流得三千尺，一摸口袋没带钱'是不是你作的？"我得意地说："那当然啦！"老师接着指着他的教桌说："那这首发表在我教桌上的诗是你用刀刻下的啰？"

"我……我……"我开始支吾起来。

老师见我如此，冷笑道："唐春，此诗我已经拜读过了，请你将我的教桌恢复到原来没有痘痘、疤痕的模样。"

我傻眼了，同学们则哄堂大笑起来。

又有一次，快上课时，班主任老师带来一位大姐姐，看上去比我大不了几岁，老师正要开口，我为了证明神机妙算，抢先说道："金老师，我知道了，这位同学肯定是个老留级生，在原来的中学不好意思再上了，才转到我们班来的，就安排她坐到我旁边，让我来帮助她。"

唐老师瞪了我一眼，沉下脸道："唐春，就你逞能！告诉你，这是新来的叶老师，教你们音乐的！"

"哈哈！"同学们又轰地笑开了，我则闹了个脸红脖子粗。

一个星期天，同学石磊过生日，他请了请我们一班同学到酒楼大饱口福，那天，酒席上有一个名字很怪的菜，叫什么"佛跳墙"。吃过饭后，我和一帮同学到清河去游泳。到了河边，我们男同学把上衣和长裤子脱下交给女同学看着。我为了在女同学面前显示自己跳水的姿势，蹦了两蹦后就以一个优雅的姿势跳进了河里，哪晓得我那天跳水的下面有一股暗流，我一跳进水里，那激流就把我本来就很松的短裤一下冲脱了身体，我本能地想去抓那短裤，但来不及了，一眨眼，短裤就被冲得无影无踪。偏偏在这个时候，岸上的一个女同学冲我叫道："唐春，听说你的仰游不错，表演一个给我们看看！"我一听女同学们夸奖，头脑顿时发了昏，不由自主地仰浮在了水面，只听岸上的女同学们惊叫起来，我朝岸上看去，只见女同学们都把眼睛捂住，朝我喊道："流氓！"我这才意识到我的短裤被冲掉了，我来了个彻底暴露。我赶紧潜进水里，只把头露了出来。我在水里泡了两个小时，冻得全身直起鸡皮疙瘩，我实在受不了，只有对着岸上的女同学们求情道："女同学们，求你们开恩，先走一步，我好上来穿裤子！"女同学则像是有意要教训我一下似的，来了个置之不理，只是埋着头"哧哧"地笑着。我急了，冲着她们说："你们不回避，那我就这样上来了！"说着故意向岸边走了几步，女同学们这才惊慌地蒙着脸向远处逃遁。男同学们则嘻嘻哈哈地又开起了我的玩笑。一个同学说："今天我们中午吃了'佛跳墙'，下午又看了你一幕'佛跳河'！真是图了个嘴巴快活，又图了眼睛快活！"

后来，班主任金老师专门找我谈了一次话，说："唐春同学，你处处想出风头并不完全是个缺点，这说明你有上进心，好强心，但凡事都要思考一下，或弄清楚了再说再做，免得冒冒失失闹笑话。"

我诚恳地点了点头，正在这时，我见金老师的女儿抱着只猫走了过来，忙说："老师，你家的猫只怕是病了，你女儿正抱着来找你哩！"

金老师头也不回地说："你看你，又冒失了不是！我女儿班上今天上生物课，她送去当教材用的！"

第二辑

散文随笔

　　在那些严寒的日子，我会自然而然想起
我所爱戴的胡老师，心里油然而生一股暖
流，涌起对生活的勇气和信心。

保留清纯的记忆

新春的一天,我回到了我少时住过的地方,现在这里是我弟弟的住处。弟弟见到我后,用一种很神秘的表情说:"有个人到这里来打听过你。你猜猜看,她是谁?"我的心蓦然一动,立时猜出是她来。当我一口说出她的名字后,弟弟大为惊诧,毕竟我离开这故乡的老屋已三十多个春秋了!但人的一生纵然漫长,能刻在心中的记忆又能有多少呢?

其实,我和那个叫"英"的女孩并没有过恋情,只能说有一种朦朦胧胧的相互吸引的感觉,因为那时我们还小,我十六岁,她比我还要小一岁,是尚不懂谈恋爱的年龄。

使我们联系在一起并相互认识的是书。那是1970年的春天,在那个年月,几乎所有的文学书籍都被视为"毒草",不是被焚毁就是被封存。而那时的我对文学书籍正如饥似渴,千方百计地找书看,为了得到书,我这个一贯怯弱的少年居然大着胆子翻墙越壁,到我的母校偷了一包被"封存"的书来。有了这批书,我像拥有了财富资本一样到处去找人换书看,也交结了不少的书友。那个叫"英"的少女就是在这个时候成了我唯一的异性书友的。她是新搬到我们院子来不久的,几时搬来的,我一点也不知晓,因为她不活泼,不爱跟邻居讲话,脚步轻盈而匆匆,从眼前经过就像一阵风。在和她成为书友之前,我从来没有和她说过一句话,甚至不知道她的名字。幸好她有一个弟弟,有一次,她弟弟带我到她家里玩,我见她正捧着一本书在看,对书的热爱使我自然而然问她看的是什么书。一问,是我想要看的,于是我提出和她交换书看，她点头同意了。

这以后，每隔几天，我们就交换一次书。但因为我天生的胆怯，特别是在异性面前很是拘束，我每次去和她都是短短几句的交谈后，就逃之夭夭了！她同样如此，每次见了我就流露出少女的羞涩。

有一天晚上，她却突然叫人把我喊了出去。在我家门前不远的路灯下，我发现她的眉头浓集着哀戚，她把我借给她的书还给我，并低低地说："对不起，把你的书撕坏了！"

原来，她因为看书而少做了家务事，被父亲一怒之下将书撕扯了。

她的父亲走后，她又含着泪将撕坏的书一页一页地粘好。她告诉我不要再借书给她看了，以免又被她父亲撕坏了。我却说："撕坏了算了！你要看，我还可以借给你！"

回到家里，翻着那一页页被精心粘好的书，我感受着她那受委屈的心灵，我孱弱的心也湿润了。

这以后，我依然借给她书。也许是因为她让我知道了她家的真实一面吧，我们的心似乎也贴近了许多。渐渐我发现，她很想叫我到她家多待一会儿，甚至想叫我尝尝她做的食物，我现在才理解她当时的心情，她的母亲离他们而去了，她小小的年龄就成了家中的女主人，一贯的孤僻，使她一遇到知心的同伴就特别想要安慰和亲近。可惜我还只是个胆怯羞涩的少年，尽管心里想在她家多待一会儿，但伫立在她的面前却语无伦次、坐立不安，每次匆匆几句就慌忙离去。有一次，她家的猫不见了，她叫弟弟来要我帮忙去找，我却像做贼心虚地害怕院子里的人指指点点，而不敢出面。

有时我一走出家门，就感觉好像有一双眼睛在看着我，我抬起头，她正站在她家的二楼窗子里，朝我这边望来，我慌忙羞涩地低下头去。我可以感受得到：有一种相互吸引的潮水正在向我们涌来，但那还不是一种早恋，而是芳华少年异性之间自然的一种流露。

也许，发展下去，我们之间会发生青梅竹马的恋爱；也许随着年龄的增长，青春的躁动不再幼稚，而会冷静地思考要爱的对象。但没有任何也许，

也就在我们之间正朦胧地感受着相互吸引的美好感觉时，不满十七岁的我却被冠以"知识青年"的名义而被迫下了农村，尔后，我又被抽调到远离故乡八百里的三线工厂。残酷的现实不仅使我们从此天各一方，而心灵之间的融通也从此阻断了。这也许是一种人生的遗憾，但这种遗憾却使得保存在心中的那种美好回忆和美好的感觉成了永恒！正是带着那美好的回忆和感觉，使我在农村那贫瘠的土地和三线工厂那简陋的工棚里，而对生活和人生充满了热爱和信心，并一直伴随着我走向文学创作的道路和寻找到真正的爱的伴侣！

…………

当我从一种深深的美好的回忆中回到现实，弟弟说她来打听我时，并给我留下电话。弟弟问我跟不跟她联系。

我却在心中一口回绝了。我想：经过几十年的沧桑风雨，人生坷坎，我们不仅在外表上都老气横秋了，在人情世故上也都变得练达和现实了，当我们再见面时，那种长存在彼此心中美好的感觉会顿然消失！我不愿意它的消失！

让我心中永远保留着她那少女的清纯吧！也让她心中永远保留着我那个"羞涩少年"的形象！

小鸟的命运

一天，刚上小学一年级的儿子兴奋地从外边跑回来，手里拿着一只小鸟说："妈妈，你看我逮了一只小鸟。"

我见儿子欢喜,自然心里也溢满了欢喜,问:"在哪儿逮的?"

"在图书馆门前的那棵大树底下。"

我捧起这只小鸟,见它长得小巧玲珑、十分美丽,顿时生出些怜爱,它大概刚出生不久吧,还不会飞,我猜它是在鸟窝里不守安分,乱扑腾,才掉下来的。

我忙用线帮儿子把小鸟拴住,把它放在院子中一棵石榴树下,并给它端来一碟米和一小盅水,可这只小鸟却不吃不喝,只是凄凄切切地叫着。忽然空中又响起了两只鸟断断续续的叫声,我抬头望去,两只美丽的鸟歇在附近的楼台上,正对着我们院子里的小鸟叫唤,我顿时明白过来,这是小鸟的父母。我奇怪儿子逮鸟的地方离我们这里有百把米远,又拐了几道弯,小鸟的父母怎会寻觅到的呢?!

我蓦然起了一个念头,把儿子喊到屋里,把门关上,从窗户里去偷看那小鸟的父母会怎样。果然,那小鸟的父母一见院子里没有了人,便呱呱地飞了下来,跳到小鸟身边,小鸟顿时叫得更急切了,它的父母一边爱抚着它,一边用嘴给它喂食。

看到这幕场景,我的眼睛都湿润了,我小声地劝儿子道:"把这小鸟放了吧!"

儿子却噘着嘴不愿意,我无奈,只有听之任之。儿子打开门,蹑手蹑脚地还想去逮那小鸟的父母,可它们却忽地一下飞腾起来,仍然歇在高处对着小鸟、也像是对着我们悲悲哀哀地叫着,好像是求我们把小鸟放掉,那小鸟的叫声则更是惨惨怜怜。我再一次动了心,劝儿子道:"你看这小鸟好可怜啊!把它放了算了!"

儿子手抚着小鸟不语,我见他也有些动心,便趁机说道:"你想想,要是你丢失了,我和你爸爸会多着急呀!你那一次在公园里一时找不着我们,不是也急得大哭吗?小鸟也有自己的家,也需要自己的爸爸、妈妈呀!"

儿子忽闪了一下眼睛说:"我同意把小鸟放了,可它不会飞,那大鸟也驮不走它呀!"

我一想,也是的。再说图书馆门前那棵大树太高了,也难爬上去把小鸟

放在窝里。我只好说:"那就将这只小鸟养在石榴树下,每天让大鸟飞下来给它喂食,等小鸟长了翅膀会飞了,再让它的爸爸妈妈把它接回去吧!"

儿子却皱着眉头说:"那今天晚上小鸟没有和爸爸妈妈睡在一起,不害怕吗?"

"嗯!这也是的,那咋办呢?"我还在思索着,儿子却拍了我一下,说:"妈妈,我有个主意,昨天你带我到公园去玩,不是有个耍把戏的会爬好高的铁杆吗?我们就请他爬上大树,把小鸟放在窝里吧!"

我一听儿子的话有道理,便赶紧带儿子来到了公园。幸好那位艺人还在,我找到他,和儿子一起向他说明了来意,他笑了笑,摇了摇头说:"你们也太……你看,我在这里还要挣钱糊口哩!哪有你们那份闲心!"

我正要开口,儿子却先我央求道:"伯伯,你去吧!那小鸟多可怜啊!我求求你了,我有一百元的压岁钱,都给你,行吗?"

那艺人盯着我儿子看了一眼,默默不语地站了起来,收了耍把戏的招牌,抚着儿子的头,说:"走吧,好孩子!"

来到那棵大树下,那艺人小心翼翼地接过儿子捧过来的小鸟,轻轻地放在怀里,然后看了看那高大的树冠,吐了口唾沫在手上擦了擦,便"刷刷刷"地像一只猴似的利索地爬了上去,把那小鸟放在了窝里,又一哧溜地滑了下来。那小鸟的父母一直在我们头上盘旋,这会儿又忽地飞到窝里,那叽叽喳喳的叫声像是惊喜,又像是在百般抚慰着小鸟;忽地又从窝里飞了出来,在葱茏的树冠上对着我们叫着。儿子拍着手掌道:"嘿!那小鸟的父母在向我们唱歌哩!"

那艺人也抬起头眯缝着眼笑了。我掏出一百元钱来递给他道:"师傅,你辛苦了!"

那艺人却笑道:"我几时说过要你们的钱!"说着,招呼也不打一声,便大踏步地走了。我和儿子怔怔地看着艺人远去的背影,儿子突然说:"伯伯真好!"

我抚着儿子的头说:"你也是个好孩子!走吧!小鸟回了家,我们也该回家啰!"

我忆念的老师

　　我长大了,蹦蹦跳跳地进了中学。什么都是新鲜的,就连班主任也不再由语文老师担任。

　　我们的班主任是个生物老师,她姓胡,叫莉妮,她的模样跟她的名字一样美丽而贤淑。她上课时,全班同学都听话极了,课堂上安静得连彼此的呼吸都感受得到。有时别的老师上课,大家乱哄哄的,胡老师这时就悄悄出现在教室门口,大家顿时都安静规矩起来。我们的胡老师是靠她的温柔、谦和、庄重而感染大家。

　　那时,我的年龄是全班最小的,个子也是最小的。有一次上课,胡老师拿来了一架显微镜,要同学们一个个去观察细菌。轮到我时,我踮起脚尖也够不上看,同学们发出一阵哄笑声。我的脸红了,慌忙回到位子上。胡老师平静地扫视了大家一眼,然后搬了个板凳放在显微镜的桌旁,亲切地对我说:"你再去观察吧!" 我的心中顿时涌起一股暖流……

　　幸福的中学生活太短暂了。仅读了一年,"文革"就开始了,学校乱成一片,各种战斗队纷纷竖旗成立。我班上的一个同学也占山为王,来拉我去当的他的助手。我的心被煽热了,第二天去时,半路上遇到了胡老师。她知道了我的意图后,拉着我的手说:"你还小,没有一点社会经验,你去能干什么? 回去吧,你不是喜欢看小说吗? 我那里还有几本。"

　　我乖乖地跟着胡老师走了。

　　就这样,在最初终止学业的那两年,我看了一些文学书籍,从此爱上了

文学。

两年过去了,虽只读了一年初中的我们,却被冠上"知识青年"的美名,要下农村接受再教育了。那天,我被通知到学校去,胡老师看到我后,失声叫了起来:"你连十六岁都没有,怎么能去农村呢?"她拉着我跑去找学校下乡办公室负责人。在她委婉劝说下,学校给我办了暂缓下乡的证明。然而暂缓毕竟挡不住当时下乡的洪流,我终于还是要下乡去了。当我去乡下把户口转来,胡老师正坐在我家中,她小声问:"都办好了?"我点了点头,胡老师的眼睛顿时湿润了,她不再说什么,默默地坐了一会儿就走了……

从此我开始踏入了社会,走进了生活的激流。在那些严寒的日子,我会自然而然想起我所爱戴的胡老师,心里油然而生一股暖流,涌起对生活的勇气和信心。当我在报上发表第一篇作品时,我真想写封信告诉胡老师,我可我却因身处异乡不知她的下落和音信。惆怅之后,我又拿起了笔。我想:不管胡老师在哪里,只要看到我发表的作品,会想起我,也会露出欣慰的笑容……

青春咏叹调

阳光灿灿的夏日,清碧碧的汉水边,一群少男少女的歌声、笑声像江水一样清纯,像浪花般动人,也许他(她)们都总算暂时摆脱了长期学习的重负,才如此轻松、洒脱、惬意;也许他们在紧闭的教室束缚得太久,在这蓝天下才这么自由、随意地呼吸伸展。

几个男孩子跃下了水,施展着各自(也许是偷偷学来)的本领,他们时而像鱼儿一样遨游在水中,时而像鱼鹰般把头埋在水下,时而像野鸭般拍击着浪花,时而又围在一起嬉闹,相互撩着水花,打着水仗,女孩们则有的在沙滩上挑拣着五彩斑斓的石子,有的拿着石块打水漂,有的则把小石子投向水中的男孩们,一时间,水中岸边,笑声连成一片。鱼儿都惊诧地躲在远处悄悄地窥视。

忽然,一个女孩发现有一个男孩没有下水,正坐在一块青石上含笑地望着水中的同伴。女孩子悄悄走了过去,把他推了一把:"你怎么当个旱鸭子?下水呀!"

男孩子摇摇头,笑笑,却不语。也许是他不会水,但在女孩子面前却说不出口。女孩子就招呼同伴们一起过来,要把男孩推下水去,女孩们都过来了,你推我拽,还你一言,我一语地用"懦夫"、"胆小鬼"这些轻视贬低的语言,刺激着男孩子,水中的男孩们见了,也跟着起哄加油。岸边的男孩子在女孩子们的怂恿激将下,终于勇敢地脱下了衣服,跳入了水中,瞬间,水中也响起他欢乐的笑声和拍击水花的响声。忽然,一个游艇飞驰而来,激起层层浪花,水中的男孩们更是欢呼雀跃,随着碧浪起伏摇摆,岸边的女孩们也被飞艇箭一般的剪影吸引住了,眼光一直追逐着飞艇而去。渐渐,飞艇消逝在了天边,水波也渐渐平缓下来,一个男孩子蓦地警醒过来,刚才最后一个下水的男孩子不知何时消逝在水波里了,男孩们开始扯着嗓门叫着、嚷着,女孩子们则害怕地捂住了美丽的脸庞,有的则悄然啜泣起来。太阳不忍看这场面,悄悄地下山去了,一阵风儿起了,浪花一排排地涌了过来,那是一阵阵叹息:青春是美丽的,也是脆弱的;青春是动人的,也是稚气的;青春是浮华的,禁不住诱惑;青春是躁动的,禁不住挑逗。唉!青春纵然最明媚,也是最充满危险的!

感动的狗事

　　那天,我带着小狗"嘟嘟"到小区的花园里散心。

　　一出楼来,"嘟嘟"便撇下我,飞快地向草坪跑去。我抬头望去,在前面一大片草坪上,聚集着五六只狗在相互嬉戏,它们的主人们也在一旁闲聊着,"嘟嘟"就是冲她们而去的。看来我也不得不向她们靠拢。

　　看见我家的小狗,几个狗主人便立刻亲热地唤着"嘟嘟!嘟嘟!"有的还喜欢把"嘟嘟"搂在怀里抚摸。看在"嘟嘟"的份上,我只有讪讪地和几个狗的主人点了点头,算打了声招呼。狗的主人们也是冲着"嘟嘟"的份上立刻跟我熟套起来。一个操着京腔的中年妇女冲着我道:"嘟嘟的妈妈今天没下来?"

　　"嘟嘟的妈妈?"我一时没回味过来,她见我发愣,明白过来,解释道:"哎!就是你太太!我们这里都是这么称呼的!"

　　"那我不成了狗爸爸啦!"我暗自苦笑。她大概从我的嘴角看出来了,指着一条纯白的狮毛狗自嘲道:"她们还不是称我为乐乐的妈妈!我跟她们说,我应该是乐乐的奶奶,我都五十好几了!"

　　我不由得笑了。她见我笑了,又补充道:"养宠物狗的人都有爱心,都是把宠物狗当作自己的儿女来养的。而狗又是通人性的,你爱它们,它们也会爱你!我从北京搬到这里来时,怕飞机上不让带狗,提前把乐乐送给了楼下的一位邻居,可第二天,乐乐就从他家跑了出来,从三楼一直爬到我住的十五楼,蹲在我家门口呜呜地哭着,我把门打开,见乐乐真流眼泪,我的眼泪也就唰唰地流了下来,再也舍不得让乐乐离开我了。上飞机那天,我只好给乐乐吃了片安眠药,装在旅行袋里,当成随身的衣物带过来的。"

说起狗通人性的故事,各个狗主人都很是感慨,都争着说了一通自家的狗这方面的故事,我这个大男子汉听了,也不由得感动。这时我注意到其他的狗都在相互嬉戏,只有一只小花狗温驯地趴在一个少妇的脚下,我说:"它怎么不去和其他的狗一起玩呢?"说着蹲下去想抚摸它一下,少妇赶紧说:"不要去摸,它会咬人的。"

我的手赶紧缩了回来,问:"它看样子很温良的,怎么会咬人呢?"

少妇道:"它原来是一条流浪狗,是我捡来的,已经都养了一年了,可它仍然对外人怀有戒心,可能是心灵受过创伤吧!"

"捡来的狗你也敢养?!"我有些惊诧。

少妇道:"我见它可怜哩!那天,下雨,天很冷,我见它可怜兮兮地蜷缩在那里,就把它捡回来了。"

"你怎么知道它是流浪狗呢?"我问。

"我注意到它在这小区有一个月了,没有主人唤它,找它,很可怜,我就从家里拿点吃的给它,先给它送吃的时,它还不敢靠近我,我只有把食物放下,一走开,它就冲上来大口大口地吃,肯定是饿坏了!我一连给它送了十来天的食物,它也就对我信任了,后来,我送食物来时,人还没走开,它就冲过来了,还朝我直摇尾巴。"

"你收养它时,这野惯了的狗愿意跟你走哇?"我知道动物的天性都是爱自由,不喜欢被关、被管的,便好奇地问。

"可能是这狗挨饿呀,受人欺负呀,受的苦多了,也想有个主人管它照顾它吧!那天,我跟它说:'天好冷,到我家去吧!'它也就听懂了,也不用我抱,就跟在我后面,一步一步上楼到了我家。"

"看来,生存比自由更重要啊!"我感慨道。

"是啊!"少妇也颇有同感,"这狗十分珍惜现在的生活啊!在我家很乖,很听话,从来也不愿离开我。我每次出门时,都要跟它说,仔呀!我有

事要出去了,你就在家好好待着,等我回来! 它也就乖乖在家待着。可有一天,我因有急事外出忘了跟它交代一番,结果回来后,见它在流眼泪,也不吃饭,我就想它曾经被人遗弃过,所以很敏感,以为我也开始冷淡它了哩,伤心了! 后来我哄了它半天它才好。"

听到这里,我的心也湿润起来,爱心是最让人感动,最能征服人心的啊!

随孩子的兴趣

儿子二十岁刚出头,就在事业上有了起步,他创办和管理的"文友信息交流中心"(http://www.wenyou.cn)网站在全国上万个作家、自由撰稿人和报刊编辑中享有很高的名气和威望,注册会员已达两万人,每个月的点击率已达一百多万人次;他开发的软件"作品管理大师"也很受作家和自由撰稿人的欢迎,购买者十分踊跃。在二十二岁时,他就用自己挣的第一桶金而拥有了一辆小轿车。

儿子开着车载着我们回到家乡时,常有亲朋及熟人问我儿子是什么大学毕业的。我也就毫不掩饰地说:儿子没有大学文凭。当有人问起我这个当父亲的是怎样教育儿子时,我也就坦白地说:"我从不强迫儿子学什么,随他的兴趣。"

儿子小的时候,我在一个小城的文化馆工作,也就让他上了我们馆自己办的幼儿园。很多家长都把孩子送到我们馆里来学美术、学乐器,而偏偏我这个在文化馆工作的人却从不逼儿子学什么,我认为孩子应该有一个快乐的童年,儿童的天性爱玩,他想玩什么,就让他去玩,只要注意他的安全就行。当然如果孩子喜爱画画或玩乐器又当别论，如果不喜欢，而是家长强逼，那就等于让孩子小小的年龄就去受苦了。

儿子那时喜欢玩一种叫变形金刚的玩具，我们就陆续给他买了上十个，让他在地上、桌子上，甚至床上摆起了变形金刚相互大战的战场。

夏天的时候，儿子喜欢逮知了，我们就每天晚吃过饭后陪着他围着公园一棵树一棵树地寻找知了。

儿子开始上学了，我对孩子的学习成绩也不关心，只要他不学坏就行了。因为我从不要他在家里复习或背课文，所以，他的语文成绩不太好，作文也写得差，他的语文老师特地找到我说："你是个作家，可你儿子的作文却写得不好，你在家怎么不辅导他一下？"

我淡淡一笑说："我觉得辅导没什么作用，主要是看他对写作文有没有兴趣，有兴趣，他自然会写得好！"

儿子上初中时，迷上了看科幻小说，我相反高兴，因为我认为看科幻会使他产生丰富想象的头脑，只有富于想象的人才会有创造力。我不仅给儿子订了《科幻世界》、《童话大王》、《童话世界》、《智力》，而且还将这些期刊以往的全部邮购回来。儿子看多了科幻作品，到初二时，自己也不由得学着写起来，我发现后也没有因为他这样会影响学习而责备他，相反帮他改了几篇，让他自己认识到自己的语文基础很差，如果不打好文化基础，仅凭兴趣也是写不好的。

儿子上初三时，学校为了升学率，开始对儿子班上抓得很紧，儿子每天早上六点半就要起床去早自习，晚自习则要到十点才能回家，回到家还要做功课。我对这种填鸭式的教育方式是深恶痛绝的，我认为儿子这个年龄，正是长身体的时期，让他们休息好比学习成绩更重要，如果把身体拖垮了，学习成绩好又有什么用呢？所以，到了晚上十一点，我不管儿子的作业做没做完，就催促他赶紧休息睡觉。

由于我从不给儿子的学习加码，让他在学习上完全凭兴趣来，因此儿子在学习上很偏科，凡是他感兴趣的数理化，在班上都名列前茅，而靠死记硬

散文随笔
第一辑

背的政治、语文和英语就比较差,因此中考下来,他的分数离上重点高中尚差上十分。如果儿子愿意上高中,我们也会支持,但儿子却提出不想上高中,想去上中专学计算机。很多亲友熟人包括儿子的老师劝我出点钱让儿子上重点高中,这样将来才有机会上大学。我却认为上不上大学并不重要,最重要的是让孩子走自己愿意走的路。一个社会本身就是靠各种各样知识的人来组合的,如果都去上大学,那基层的许多工作,如擦皮鞋、修自行车靠谁来做呢? 所以,我完全支持儿子去上中专学计算机。

儿子去上中专时,我们为了方便他的学习,给他买了台二手电脑,待儿子头一个假期回来时,我们在家又买了一台新电脑,并上了网。有一天,儿子心血来潮,想学着把电脑拆卸开来再装上去,我很是支持,说:这样会更了解电脑的结构,对你以后维修电脑有好处。

儿子在拆卸电脑时,不小心把一个零件弄断了,我没有责怪他,相反鼓励他道:断了不要紧,我们去换一个就是了,这种失误头几次是难免的,熟练了就好了。

儿子由于自己对电脑感兴趣,所以不用老师和我们督促,他自己不仅用心钻研,还嫌学校的计算机课程浅了,自己又买来大学的计算机课程自学起来。由此,儿子的计算机学习成绩不仅在班上总是名列前茅,而且在计算机操作和知识上也远在同学们之上,有时老师还叫他来辅导班上的同学。

儿子中专毕业后,学校跟一所大学联合开办了大专班,儿子被保送到大专班学习,但由于大专班是学财会的,儿子不感兴趣,而我被聘用的文化公司又正好缺一个电脑主管,加上我也认为大专文凭不如实践重要,便向公司推荐了儿子,结果儿子主动放弃了那个大专文凭,十九岁就开始了他感兴趣的工作。

儿子在我们公司担任电脑主管期间,正是中国制作网站风起云涌之时,儿子也来了兴趣,他提出为我的作品建一个网站,我很支持,也很配合,2001年春天,二十岁的他就推出了《幽默作家汤礼春》的网站。

网站推出以后,由于访问者不多,论坛不热闹,儿子就又开始琢磨如何让论坛热闹起来,我提醒他:我们这个网站的定位是文友,就应该考虑他们所关心的问题。于是儿子就在网站上开设了许多作家、自由撰稿人关心和互动的平台,如"文友信息交流"、"文友作品发表相互转告栏"、"报刊电子信箱交流"、"文抄公曝光台"等。果然这些栏目推出后,文友们相互奔走相告,每天来上网站发帖的越来越多。到 2002 年时,注册会员已达五千余人,每天发帖数上千。此时,儿子觉得网站再用我的名字命名已不适合了,便正式树起了"文友信息交流中心"的大旗,将网站推向了全国。

随着"文友网"在全国的作家、自由撰稿人中名气越来越大,人气越来越旺,许多全国知名的报刊如《如音》、《故事会》、《做人与处世》、《金陵晚报》的编辑相继到"文友网"来开辟专栏,在线处理稿件。

到 2003 年,"文友信息交流中心"网已拥有上万名会员,每天上网人次已达两万。网站的发展需要有专人来维护和处理日常事务了,儿子便干脆辞了职,一心扑在他钟爱的"文友信息交流中心"网站上。

辞了职的儿子为了"文友网"的生存和发展,不得不考虑掘金之路了,他在维护网站日常事务的同时,开始设计商务软件,终于,他成功地掘出了第一桶金,他的事业又有了新的起步。

回首儿子的成长与他的事业发展,是跟他的兴趣紧密联系在一起的。

带儿子下乡

儿子长到八九岁了,虽见过熊猫、狮子、大象、老虎这些稀有动物,却从来没有见过活的牛呀猪呀羊呀。每要他吃肉,当说到这是牛肉、猪肉或是猪

肉时，儿子就会�’着嘴说："爸爸，我长这么大还没见过牛呀猪呀羊呀！什么时候带我去看呀？为什么动物园没有牛呀猪呀羊呢？"

我在跟儿子解释的时候，也自然想到：是啊！大城市的动物园为什么就不饲养几头牛和猪羊供孩子们参观呢？这样一来，孩子们也就用不着相反把牛猪羊这些家畜当成稀有动物了。

我决定利用一个双休日专门带儿子到乡下去看牛、羊、猪这些家畜。

那一天，我带着儿子出发了，儿子听说今天是专门去看牛羊猪，比到动物园和游乐园还要兴奋，一路上，儿子不停地向我提一些有关牛猪羊的问题，惹得车子上的一些旅客哧哧发笑。

不知不觉，车子开出了城市，高楼大厦已不见了踪影，眼前已是一幅田园风光。我和儿子在一个小集镇下了车。我带着儿子向远处一个村庄走去，还未走到村庄，就见一个老农正在牵着一头黄牛在山坡吃草，我忙对儿子一指道："快看，那就是牛！"儿子抬头一看吓得往我身边退了一步道："这牛好大呀！比电视上看到的大得多！爸爸，它会不会咬人？"

我说："别看它大，它很温驯，要不，人类就不会驯服它，饲养它，利用它为人干活了！"

在我的鼓励下，儿子胆大起来，靠近那头牛细细观看起来，在征得老农的同意后，我在黄牛的背上摸了摸。儿子见了说："爸爸敢摸，我也要摸！"我将儿子抱了起来，让儿子摸了摸牛背，儿子一边摸一边兴奋地叫道："我也摸牛了！我也摸牛了，我肯定是全班第一个敢摸牛的好汉！"

我说："你这算不上勇敢，农村像你这大的孩子敢骑在牛背上哩！"

"是吗？那我也要骑在牛背上！"儿子说着就要我把他抱在牛背上去。

我说："这是黄牛，不能骑。一般骑的都是水牛。"

儿子奇怪了，问："牛还分黄牛和水牛呀！那老虎有没有水老虎和黄老虎；狮子有没有黄狮子和水狮子呢？"

我耐心地向儿子解释："老虎和狮子都没有区别，有些动物有区别，如羊分山羊和绵羊。黄牛和水牛的区别在于黄牛通常是在旱地里干活的，水牛则是在水田里帮农民犁田的;水牛比黄牛大,力气也比黄牛大;它长有弯弯的角,而黄牛的角很短。"为了向儿子解释清楚,我还将旱地的农作物和水田的农作物一一告诉了儿子。儿子睁大眼睛听着,那认真听讲的样子我想是课堂上少有的。

随后,我又问带黄牛的老人,这周围有没有水牛,老农告诉我前面村庄下有一个堰塘,塘里正泡着几头水牛。

儿子一听,十分兴奋,连蹦带跳地直往村里跑。我带着儿子来到村庄下的堰塘,果然塘里泡着几头水牛。我对儿子说:"为什么叫水牛,就因为水牛喜欢泡在水里。"

"那它是不是游泳健将?在动物游泳比赛中,它能得第几名?"儿子眨着眼睛问道。

一个农村的少年见儿子喜欢看水牛,特地威风凛凛地骑到水牛背上,儿子拍手叫好,还赶紧把随身带的一件玩具送给他,说要奖励他的勇敢。

看完了水牛,我又带儿子到村庄里四处走了走,儿子看见猪和羊后说:"这猪呀羊呀样子好可爱呀!为什么人们要吃它的肉呢?为什么猪和羊不能像猫和狗一样当作宠物养呢?"

我又和儿子谈到了人们长期形成的生活需要和习惯,以及城市人如果饲养猪羊会带来的环保问题。

这时,迎面摇摇摆摆过来几只鹅,伸着长长的脖子冲着儿子叫,儿子退了几步说:"这乡里的鸭子怎么这么大,好像要咬我呢!"我说:"这不是鸭子,是鹅。鹅的个子比鸭子大,脖子也比鸭子长得多。鹅为什么不怕人,据说是因为鹅的眼睛是个缩小镜,在它眼里,人比它小,所以它不怕人,甚至敢吓唬人。而牛据说恰恰相反,它的眼睛像个放大镜,人在它眼里比它大得多,所以它害怕人,臣服人!所以呀我们看人看事都要用正常的眼光去看,否则就会容易出偏差。"

"爸爸!你这是在讲寓言故事吧!"儿子眨着眼睛问。

我点点头,我知道儿子现在对这些道理会似懂非懂,但因为他今天有兴

散文随笔
第二辑

趣。所讲的故事会容易记在脑中,等长大了,他自然会明白其中的道理。

在回城市的路上,儿子说:"爸爸,我今天玩得真开心!下一次我做作文,就将今天看到的写出来,肯定能大大吸引老师的眼球!肯定在全班要盖帽!"

儿子一口大城市孩子的腔调,我心中又有了新的想法,下次到乡下来,我要让儿子和乡下孩子们多接触,让儿子也接受一些乡村孩子朴实的语言,这对儿子的成长和学习会有好处的。

为孩子记录童年

在儿子年满十八岁的生日那天,也就是他长大成人的那一天,我送给了他一本记录他小时生活的日记,他看了后,连呼:这太珍贵了!这太有意思了!这是最好的礼物!

在这本记录本中,我记下了儿子出生时的情景,记下了儿子小时候生活的片段,也记下了作为父母的我们养育他时的艰辛。

儿子最关心的是他出生时的情景,我在记录本中这样记载到:

又是几个难熬的小时,妻子还没生,看来,再不生,我和妈都要急疯了。十二点又过了,已到了1981年7月15日了,大约半点的时候,我正在妻子旁边安慰她,这时值班余医生进来了,她叫我出去,我刚走开,又听见她在喊:"6床的爱人!"我赶紧跑了过去,余医生看了我一眼,很正经地说:"我想跟你商量一件事,你爱人的羊水已经破了好几个小时了,看来要她自己生是不可能的了,再等下去婴儿恐怕要憋死在子宫里。我们想采取最后一步措施,把阴道剪开,把婴儿钳出来!"

"你们早就应该采取措施了！"我迫不及待地插嘴道。

余医生也不理我，继续说道："不过，在剪开阴道以后，用钳子进去钳婴儿的时候，有可能把婴儿的眼睛或者鼻子子钳坏，变成残废，那我们就不能负责了！"

我一听此话，心头顿时犹如泼了盆冰水，全身打起仗来。我努力使自己镇静下来，结结巴巴地说："余医生，我明白你的意思，你大胆地去做手术吧！出了什么事，我也不会找你的！这点请你放心！不过请你在做手术时，尽量细心点吧！"

余医生听了，不再理我，转身进了产房。

小孩有可能要残废！要是眼睛钳瞎了……天啦！我不敢再想下去了，只觉得头一阵眩晕，像要窒息过去一般！我慌忙跑到楼梯口的躺椅上躺了下来，一会儿，凉风一吹，我清醒过来，连忙爬起来朝产房跑去，跑到产房门口，只听产房里发出一阵手术器械的声音和余医生那镇定的声音："别动！把剪子拿来！"又听得"咔嚓"一声，我的心又紧张起来。突然"哇"的一声，婴儿的哭叫声把我惊醒过来。小孩钳出来了，伤着没有？我怀着忐忑不安的心情想冲进产房。约一点十五分时，护士把襁褓中的孩子抱了出来，递到我手上，说："是个男孩，五斤八两。"我接了过来，问："没钳破什么地方吗？"护士说："还好。"我仔细看了看，婴儿头顶一直到左眼角，有一条钳红的痕迹，没有破皮，可我还是不放心地问："这红印子不要紧吧？"

护士道："不要紧，过两天它自己会消的，不过要打两天青霉素，预防感染。"我听了，紧张的心这才松弛下来，我看了看表，约莫孩子出生时正好是15日早上一点一刻。我这才仔细端详起手上的婴孩来。他红嫩嫩的脸颊，眉毛很浓，像我的眉毛，小嘴唇，好看的鼻子，头发乌黑，看上去很干净，不像许多刚出生的婴儿那样脸上布满皱纹。

我想起该给他取个名字了。前个把月，他还未出世，我已给他取了几十个名字，从几十个名字中又定了几个，其中有汤清淳、汤澈、汤沸、汤淼，现在该定了，定哪一个呢？我正想着，窗外暴雨的喧哗声打断了我的思索，我猛

地想起汤淼这个名字来,淼,水多也! 不正跟他出生时天降暴雨吻合吗? 汤淼这个名字天然而成,定了。

儿子看了这一段后,感动地对我们说:"谢谢你们给了我生命! 我也会好好珍惜生命!"

儿子还特地亲昵地对他妈妈说:"妈妈,你为了我吃了好多苦啊! 我会好好孝敬你的! 哪一天我要是言语对你重了,你就罚我多看几遍我出生时的记录,我会感到自责和忏悔的。"

给儿子带来笑声的是那些记录他小时候的童言童语和活泼好动的生活场面。

下面就是儿子两岁时的生活片段。

——他把一个橘子核吞进肚子里了,他说:"我的肚子里要长一个橘子了!"

——他骂人最狠的是大坏蛋,再不就说你像个小花猪、大灰狼、螃蟹、猪八戒,而说他自己像个孙悟空。

——早上他妈给他穿件红衣裳,他不穿,说这是姑娘伢穿的。

——他很顽皮,骑小车子有时站在车坐上,举起双手说是玩杂技,他还特别爱骑车从一个坡上滑下来,还不让人扶。

——他有时把搓板放在地上,跪在上面,双手合拢说:阿弥陀佛。

——他在被子上跳来跳去,上被子时,他说是爬山,滑下来时他说是滑冰。

——他把一团毛线丢在地上,自己拿起另一头说:"钓鱼。"

——我今天带他一起到书店买书,他说:"爸爸,你买个大书,给我买个小书。"

——睡觉时,我不小心把脚蹬到他的屁股上了,他说:"小心把粑粑糊到你脚上。"

——邻居高爷爷在修手表,他问:"高爷爷,你的表坏了唄?"高爷爷后来拿出个闹钟,故意问他:"这是个什么东西?"他说:"是闹表。"

一晃眼,我把那本记录本送给儿子已经六年了,儿子在这六年中经常翻看那本记录本，可以说是百看不厌，有时他还挑出一段来，念给我们听，我和妻子一边听一边沉浸在往事的回味中，全家充满了欢乐和温馨。

在这六年中，儿子的事业也取得了一些成功，但尽管他再忙，也要每天赶回来和我们住在一起。他对我们也越来越尊重和爱护了，在一些小事上也细心地关照我们，在我们面前从来没有一句过激或沮丧的语言。邻居们都称赞我儿子很懂事，很孝顺，脾气和性格好，待人温和宽容。

我想：这也许是那本记录本所起的作用吧！因为有一天，儿子对我说："爸爸，将来我结了婚，有了儿女，也要学你一样记录下他们出生时的情景和童年的生活，因为我觉得这对作为儿女的来说，是人世上最好的遗产和幸福！"

永久难忘的一幕

每年的清明时节，我都会想起一个九岁的农村小娃。他的名字叫什么，我至今不知道，我们都叫他小王会，因为他的父亲叫王会。

王会是附近乡里的农民，也不知是经什么人介绍的，在我们文化馆当门卫。

每隔一段时间，王会的妻子就会带着小王会到文化馆来和王会聚上几天。这几天里，我就时常见到小王会那怯生生的眼睛。他处处表现得既好动又不敢放开；既想顽皮捣乱，又畏畏缩缩的样子和神态，令人一看就知道他是从农村田野里出来的小娃。这几天里，文化馆里那些做了家长们的也有了教育孩子的话题和理直气壮，他们常常会指着穿着破旧的小王会说：

"叫你不好好学习，将来也学他爸爸一样，只能整天扫地管厕所。"

小王会听了，却一点反应也没有，继续流着口水地看着其他孩子手中的玩具和糖果。

我十分同情他这乡下的孩子，常常会拿点糖果给他吃，他每次都表现出想接又不敢接的样子看着他爸，他爸叫他接了，他这才怯生生地伸过手来。

这就是我对小王会活着时的仅有的一点印象和记忆。

一个夏天的日子，我突然在办公室里接到从乡下辗转打来的电话，说要我转告王会，他儿子在水塘里玩水半天都没起来。

我赶紧去通知王会，为了安慰王会，我还随即跟王会一起驱车往乡里赶。一个小时后，我们到了王会的村里，正巧看到王会的妻子披头散发哭着迎了上来，原来她今天去粮食加工厂加工麦子去了，也是才得知儿子的消息。我们便一起往水塘处跑去。远远地，看见水塘边已围了一大群人，我一看，就知道事情不好。果然，快到水塘边时，就从人群缝隙中看见水塘边的草地上躺着一个小男娃，那正是小王会。

我和王会夫妻拨开人群冲了进去，只见小王会眼睛圆睁着，脸色憋得青紫，肚子鼓得像塞了一面鼓。"难道小王会还没死？你们给他做了人工呼吸没有？"我向人群发问。一个年轻人说："做了，但时间太长了，没用。"

"那他肚子的水怎么都没摁出来，还有他眼睛还睁着？"我胡乱地问。

"他是在等他的亲人才能闭眼啊！"一个老人感叹道。

我赶紧抬头看去：当王会痛哭着抱起儿子，眼泪刷刷地流到儿子赤裸着的身上时，果然小王会肚中的水从嘴里喷了出来，一会儿，随即七窍里涌出血来，眼睛也就缓缓闭上了。

那一幕叫我惊心动魄，也叫我永久记得了这个不知其姓名的农村小娃。

逃难的狗

20 世纪 70 年代,我在一家三线工厂工作,我住的是一间平房,背后就是一片丘陵。因为厂里坐落在不靠城市的山野丛林间,所以家家都开始养狗。我家也不例外,也养了一条名叫"飞虎"的狗。

大约养了两年,厂里宣布不让养狗了,但一些养狗的人家还是舍不得送给人家或宰杀。厂里便决定采取强制措施,成立了一支"打狗队",每天到家属区转上一圈,发现有狗就将其打死。

我闻到此讯,也曾几次想将狗送给人家算了,但"飞虎"好像看出了我的心思,每次都眼汪汪地望着我,使我欲送不忍。就在这犹犹豫豫之中的一天早晨,我刚把"飞虎"带到外面"方便",想不到"打狗队"突然出现在我的面前,情急之中,我朝正在草丛中低着头嗅来嗅去的"飞虎"喊了声"快跑","飞虎"一惊,抬起头,见几个手舞大棒的人正朝它扑来,立即撒开腿就朝山野丛林中钻去,一会儿就跑得个无影无踪。"打狗队"的队长见扑了一空,气急败坏,指着我说:"我就不信捕杀不到它!"然后指令两个队员就在我家门前守候,说:"这狗总有饿的时候,只要它一回家,就格杀勿论!"

整整一天,我都担心"飞虎"会突然跑回来,那结果将是惨不目睹。可提心吊胆了一天,"飞虎"却一直没有出现,到夕阳西斜时,两个打狗队员只有失望地怏怏收兵。天黑尽后,我朝山野呼唤着"飞虎",想叫它回来吃点东西,可唤了半天,也不见"飞虎"的身影。我想"飞虎"可能吓怕了不敢回家,也可能在山野里转糊涂了,找不到家了。整整一夜,我都想着"飞

散文随笔　第二辑

虎"，躺在床上难以合眼，耳边随时听着屋外的动静，到黎明时分时，我蓦地听见外有响声，我赶紧起来，打开门，只见门口躺着一只死野兔，再朝远处一望，"飞虎"的身影正隐进山野之中。看来逃难的"飞虎"不仅没有饿着，而且学会了自己猎食，并且猎物还有富余，居然想送给主人，既报了平安，又算报了主人的养育之恩。看着野兔，我更加喜爱我的"飞虎"，发誓不再有把"飞虎"送给人家的念头，只但愿"飞虎"躲过目前这一劫。

一连三天，"打狗队"的队员就守在我家门前，"飞虎"却一直没有出现，到第四天时，"打狗队"的队长扬扬得意地向队员们宣布："这一家可以撤岗了。三天了，这狗不是饿死，也是被别人打死吃了狗肉。"

"打狗队"撤走了，我虽然松了一口气，但也有些隐隐地担心"飞虎"的命运。可就在"打狗队"队员撤走的第二天早晨，当我打开门时，又见一只野兔躺在门前。我高兴极了，这说明"飞虎"仍在平安和努力生存之中。

这以后，每隔几天，"飞虎"就要给我送来一只野兔，可惜我一次都没有见到它，它大概每次都是夜半时分或黎明时分送来的。

一个月后，厂里的打狗风头偃旗息鼓了，打狗队也解散了，我开始盼着"飞虎"回家。一天晚上，到夜半时分时，我悄悄起了床，坐在门口等着"飞虎"的出现。在我的期盼中，夜色渐渐退去，当黎明静静来临时，一个熟悉的身影从山野中钻了出来，我高兴地喊了声"飞虎"，它站住了，嘴里叼着一只大野兔朝我这边望了望，大概见没什么动静，就连蹦带跳地跑了过来，我抚摸着它道："回家吧！现在已经平安了，没事了！""飞虎"犹豫着不肯进屋，只是摇着尾巴，我一边继续抚摸它，一边恳求它回家，它终于明白了我话中的内容，缓缓地跟着我进了家门……

我家有只文明狗

　　我家的小狗"嘟嘟"不大，站起来带尾巴不足三尺高，别看它个头不高，心里却有数着哩！

　　那天，我带"嘟嘟"去散步，还没走出小区，突然一个皮球飞了过来，正砸在"嘟嘟"身上，把个"嘟嘟"吓了一大跳。这时一个小男孩跑了过来，去捡皮球，"嘟嘟"一看，就冲着小男孩叫了起来，把个小男孩吓得嗷嗷大叫，我连忙喝住"嘟嘟"的叫声，又连忙安慰小男孩道："对不起，小朋友，吓着你了！不要怕，我家的小狗不咬人，还会承认错误，让它给你作个揖，赔个礼！""嘟嘟"一听，连忙站起来给小朋友作揖，逗得小朋友顿时笑开了花。

　　我每天带"嘟嘟"出去，说实话是为了解决这家伙的大小便问题。这家伙养成了良好的卫生习惯，憋死都不撒拉在家里，它夹着屎尿非要到小区对面的一个荒坡野地里去解决。尽管它憋得很，心急火燎，可过马路时仍不抄近路、直路，而是非要绕一圈走那个斑马线不可。

　　一过马路，它就撇下我，钻进荒草地里，选择较隐蔽的地方，然后急速地转几个圈，直到证明那荒草中无野刺戳它的屁股，这才放心地去拉屎。拉完了，这家伙用两只后脚使劲地往后扒，试图扒点泥土盖住它的屎，我常常笑它走形式主义，其扒出的那点泥土根本就盖不住粪便，但是我又不得不赞赏它的这种精神，许多人类也在这里边拉了屎，可就连走这个掩埋的形式都没有哩！

　　有一天，"嘟嘟"刚要冲进荒坡野地去拉屎，却发现路边有一个大人在

光天化日之下撒尿，它气得冲那个人"汪汪"直叫，那个人回过头对我说："你的这条狗真不懂事，我又没惹它，它干吗要冲我叫？"我笑着道："它怪你就在这大路边撒尿，不雅观，不文明哩！"

"嘟嘟"这条狗有纪律，讲诚信，不折不扣地服从家人的指挥。有一次，我带它到一个街边的花园里玩，蓦地，我见一个锻炼的老人突然昏倒了，我赶紧抱起老人往医院送，在拦出租车的当当，我嘱咐"嘟嘟"不要乱跑，就在这里等我回来。"嘟嘟"一听，就地找了个阴凉地一趴。等我把老人送到医院急救后转来，已经过去两个小时了，可"嘟嘟"依然趴在那里。

我们不许"嘟嘟"夜里乱叫，怕的是影响小区的居民休息，"嘟嘟"也一直忠诚地执行。可有一晚，才十点多，它突然冲着外面大叫起来，我明白外面有情况，赶紧打开门，和"嘟嘟"一起冲了出去，只见一个黑影从自行车棚往外跑去，"嘟嘟"一边冲他叫，一边追了上去，几次那黑影回过头，手里拿着个东西吓唬"嘟嘟"，"嘟嘟"却不害怕，依然紧紧地追着他，一直追到小区大门口，"嘟嘟"的叫声终于惊动了保安，两个保安冲了出来，按住了那个人影。经查，这家伙在小区别处已经偷了几辆自行车了，唯有在我楼下的这个自行车棚失了手，他狠狠地瞪着"嘟嘟"叫道："我记得你这条狗，到时看我来怎样收拾你！"面对他凶恶的眼光和叫嚣，"嘟嘟"一点不惧怕，冲着他又叫了几声，我听得出来，那是在说："我不怕你这个坏家伙！"

"嘟嘟"在小区抓小偷的事传开后，人人见了它都要亲热地叫它或抚摸它，"嘟嘟"一点也不骄傲。谁叫它，它都要热诚地摇头摆尾表示回礼哩！

怀念奶奶

  2006 年的 6 月 28 日对于我来说是刻骨铭心的,那一天,爱我的奶奶永远地走了。在她弥留之久,她已经昏迷了几个小时,可当我来到她的身边,俯下身在她耳边轻轻呼唤时,她骤然睁了一下眼睛,嘴唇嚅动了一下,我看得出那是在念叨我的名字,眼泪顿时糊住了我的脸,我大声地叫着奶奶,在我的呼喊声中,奶奶缓缓闭上了眼睛,然眼角下却留下了一个永恒的笑意……

  奶奶是爱我的,当我即将出生时,奶奶千里迢迢地赶到了我的身边,当我从母亲的怀里一诞生出来,首先抱住我的亲人就是奶奶,是奶奶给我喂了生平的第一口水,穿了生平的第一次衣,洗了生平的第一次澡。

  在我一岁多的时候,由于我的父母工作忙,加上初为人父母,没有太多的生活育儿经验,致使我经常生病,体质十分羸弱,奶奶得知后,心急火燎地又驱车千里,把我接到她的身边,在奶奶细心的呵护下,我才一天天成长健壮起来。

  我的奶奶是坚强的,我从小到大,从来没有看见她掉过一次眼泪。但有一次姑姑却告诉我,奶奶哭过一次,那是在我两岁的时候,由于我太顽皮,爬上沙发的靠背上往下蹦,结果碰到了旁边的桌子角,把眼角碰得青紫,奶奶心疼得抱着我哭道:"要是把眼睛碰瞎了可怎么得了哇!我怎么向你的父母交代呀!我这责任太大了呀!"

  我现在明白了,是奶奶对我父亲和我的爱才使她生平第一次掉下了眼泪。在此之前,奶奶经历过太多的生活艰难,但她却连口气都没叹过。奶奶

和爷爷都是普通工人,却抚养了六个子女,还要赡养乡下的老人,在八十年代前,平均人生活费连十元钱都不到。奶奶拼尽全力地支撑着这个家,每天下班后,做完了家务,她还要上街去卖冰棒和麻花;在家里,她每天都是最后一个吃饭,最后一个睡觉的人,而且专门吃剩汤剩饭,尽管她所工作的食品厂食堂生活搞得十分丰富便宜,但奶奶却舍不得多花一分钱,她每天都是带自己腌的咸菜萝卜去吃,她尽量苛刻自己,却对子女十分关爱,为了保证六个子女的成长营养,她每个星期去买一个便宜的猪头回来,不怕麻烦地根据猪头的各个部位来炖、炒、煎、煮……

我是曾亲眼见过奶奶的坚强的。有一次,奶奶不小心把手划了一个大口子,血一下涌了出来,我看得心惊肉跳,奶奶却毫不在乎地只是用嘴把血水吸吮了一下,就把手伸进泡有洗衣粉的水里,继续洗衣裳。

奶奶刚满四十岁就被查出患有高血压,但她从来没有把它当回事,每天仍然忙到深夜,每年的春节来临之际,她甚至都要忙上几个通宵……

我读高中时,是住宿在学校的,学校离家里有近二十里的路,可每当天气骤然转凉时,奶奶那满头的银发就会闪现在学校,她是专程来为我送衣裳的。奶奶对子孙的爱是永远讲不完的,她的一生都是尽量把苦留给自己,把爱奉献给亲人子孙的……

九年前,年近古稀的奶奶终于因积劳成疾而中风瘫倒了。上天终于逼她休息了,可惜是在轮椅上,但她对家人的关爱仍在眼神中,语言里……临终前的一两年里,她已经患了老年痴呆症,总把保姆喊作她儿时乡下的伙伴,可每当她见到我时,那眼神会骤然亮了,一口就喊出了我的名字,我明白,是她对子孙的爱驱散了她大脑中的阴霾。

奶奶,你是平凡而伟大的女性!你的爱会伴随着我们走好人生……

怀念在乡下过年

　　我的一生过年大都是在城市度过的,然而对于过年印象最深的却是在老家乡下的一次。

　　1964 年,老家乡里经过了三年大灾害的复苏后,开始有些富裕,父母便决定让十一岁的我回乡下过年。

　　一踏上乡里的土地,立时就感觉到了年的味道,家家都在打糍粑,做豆丝,炒花生,家家飘出来的香味诱得我跑了东家跑西家。每到一家,好客的乡亲们就会亲热地摸着我的头,问问我父母的情况,然后跟我端上刚烙好的豆皮,或是给我的荷包里装满热乎乎的花生。那浓浓的乡情叫我这个城市的孩子有着别样的感受。夜里,在煤油灯下,许多人家都在自制一种小拉炮,以供孩子们在过年时放。我也来了兴趣,叫大人们教我做,先铺上一张裁好的纸,在纸上摆上一根打有活结的绳线,然后挑一点事先配好的炸药放在绳线的活扣上,最后用纸卷起来,拉炮就做成了。我学着做了几十个,第二天,拉炮晾干了,我试着拉了一个,居然炸响了,我兴奋地蹦了起来,还有什么鞭比自己动手做的响得更叫人快活呢!

　　离过年还有几天了,整个村子都沉浸在欢快的忙碌中。早上,我和小姨们一起下地挖红萝卜,那一根根蓦然从泥土中蹦出来的红萝卜让我感到既新鲜,又兴奋,小姨迫不及待地先用萝卜缨子后用手帕擦了一个放进我的嘴里,我一咬,那甘甜而带有泥土的气息顿时充盈在心间。午饭后,我又和小舅一起到泥塘里去挖藕,小舅和同伴们一边挖藕一边说笑,一会儿,他们都

被泥巴糊成了大花脸，但他们都毫不在乎，只是忙着比谁挖的藕"胖"。我正看得发笑，又传来外公在水塘边指挥村里人网鱼的消息，我赶紧跑了过去，只见外公在水塘边指手画脚着，水塘里十来个壮汉一字排开拉着网，从东边往西边赶，一会儿，就见鱼儿们被逼得在水中乱窜乱跳，有的大鱼居然跳出水面几尺高，落下的水花都溅到我的脸上，我顾不上擦，只是激动地看着这难得的场面。

傍晚时分，村里响起"分鱼啰、分藕啰"的叫声，那响声在空气中激荡开来，然后是一串串欢快的脚步声，招呼声……

那几天，村里一会儿响起"分糯米"，一会儿响起"分芝麻"，一会儿响起"分黄豆"的声音……整个村子都洋溢在欢快声中，把要过年的气氛掀到了高潮……

在人们欢快忙碌的氛围中，大年三十终于来临了，一大早，家家屋顶上就开始升腾起炊烟，四处传来此起彼伏的刀与砧板的碰撞声。外公指挥着舅舅小姨们洗菜、洗餐具、洗酒具、贴窗花、贴对联；外婆则一直在灶旁烧火，那红红的火光把她的脸映衬得像电影里的镜头……将近午的时分，蓦地听见不远处传来一串鞭炮声，外公说："那是哪一家开始吃年饭了，我们也快啰！"说话间，八仙桌子在堂屋摆开了，大姨小姨如穿梭般地从热腾腾的灶台上搬出一盘盘的菜，一会儿就摆满了一大桌，待外婆解开围裙，外公拿出好长一挂鞭，叫我和小舅到门外放了。我和小舅放完鞭一进屋，外公就将大门关上并上了闩。小舅小声地告诉我："这叫财门紧闭，吃年饭时，家家都要关门的，不许别人来。"

堂屋的神龛上从一大早就燃起蜡烛。此时外公亲自端了几碗菜放在神龛的桌案上，又亲自斟满一杯酒放了上去，然后对着神龛拜了几拜。这期间，全屋里的人都屏息静气，神色肃穆，受到这氛围的影响，我也感觉到了一种神圣，一种庄严。后来，我才知道，这是乡下的规矩，吃年饭前先要敬祖宗。

敬拜了祖先，外公一声令下：开始吃年饭。屋子里顿时又活跃起来。舅舅们和小姨们又开始逗撩我起来，我不小心吐了个口头禅"鬼也"，外公用手指在我头上轻弹了两下,严肃地说:"过年不能提鬼。"我伸了伸舌头,舅舅小姨们哧哧地发笑。外公动了第一筷子,大家这才一起举起筷子来。外公指着正中大盘中一条油炸过的整条鲤鱼对我说:"这鱼今天是不能动的,要等过了年才能吃,这叫年年有鱼(余)。"

乡下吃饭规矩虽多,但不同于城里的是,外公居然让我喝了口酒,那燃烧在喉咙管里的辣味让我永远记得这顿年饭……

吃过年饭,小姨便开始帮我扎灯笼。当大年三十夜开始降临时,小姨将扎好的灯笼点上蜡烛递到我手上。我提着红红的灯笼在村里行走,举目四望,到处是灯笼在夜色中游动,使人感觉似乎飞升到了神秘的世界。村里的每个小孩都提着灯笼,一边放鞭,一边相互戏耍,倏然间,不知谁的灯笼起火了,烧成了熊熊的一团,小伙伴们都呵呵笑着又蹦又跳闹开了花……

大年初一,太阳还没升起来,鞭炮就排山倒海般在村子里四处响了起来。密集的鞭炮声刚刚散去,锣鼓锵锵声就跟着冒了出来,小舅们一听,连忙披红挂彩,拉起我的手说:"走,玩龙灯去!"

在村头的祠堂前,一条五彩斑斓的巨龙已铺展开来,一群小伙子在旁边使劲地敲锣打鼓玩锵锵,向全村人大声召唤。一会儿,祠堂前就聚满了人,好像全村的人都到齐了。小舅撇下我,走进了舞龙的队伍,十二个壮壮实实的小伙子一字排开,将龙霍地一下举了起来,紧接着那龙舞动起来,在人们的喝彩声中,那龙越舞越快,旋转翻腾,看得人眼花缭乱,心潮沸腾。鼓锣锵锵敲得更有劲了,伴随着人们"好,好,好"的吆喝声,整个村子都震荡在热闹之中……

从大年初二开始,村里不时有人家请我去"过中",我一去,都是一大海碗摆在我的面前,碗里除了有几根油面外,其余的全是肉丸子,大块大块的腊肉、荷包蛋、糍粑。我总是边吃边说:"这大一碗,我吃不了,吃不了!"主人家也都是说:"一个大后生,有什么吃不了!"他们的话让我感到新鲜,想不到我从城里一来到乡下,就长大了,成了大后生!这句话也深深地烙在我的心里,直到现在,一想起这句话,一丝温馨和笑意就浮现在心头……

母亲的泡菜

儿子是大都市的时尚青年，很会跟潮流，时下韩剧正在中国走红，他自然也跟风，回到家里，常带着摆酷的口气说："我爱食韩国泡菜。""我今天去吃了韩国料理，那韩国泡菜真好吃！"

我的耳朵听熟了，以为韩国泡菜是什么别具风味的美味佳肴，有一次和儿子上饭店，特地点了几碟韩国泡菜，我尝了一口，笑出声来："什么韩国泡菜，比你奶奶做的泡萝卜酸菜差远了！"

"奶奶也会做韩国泡菜？"儿子大为惊愕。

我更正他道："奶奶做的不是韩国泡菜，而是地地道道的中国泡菜！"

"奶奶做泡菜是为了赚钱？"儿子追问。

"不是为了赚钱，而是为了节省钱！"我又纠正儿子道。

于是我向儿子讲述起来——

那还是未实行计划生育的六十年代，我的母亲生下了我们兄妹六人，我的父母都是国有工厂的普通工人，两个人每月的工资加起来只有八十多元，仅够维持全家人的基本生活。

我的母亲很会持家，在节省钱上很有些头脑和办法。那时的白萝卜很贱，大上市时在菜市场上不是论斤卖，而是一角钱一堆，一堆有五六斤，我的母亲下班时，就一篮一篮地买回到家来，直到在墙角堆成小山似的一堆，然后命令我们兄弟几个将白萝卜一个个刷洗干净晾干后，用泡菜水将萝卜泡将起来，每次都要泡上一大缸，足有几十斤甚至上百斤之多，有时也丢点包菜之类的菜叶进去一起泡,然后加上几块大青石将泡菜压起来,并叮嘱我们千万不要动那大青石。大约半个月后,母亲会小心翼翼地搬开那大青石,取出一个小的萝卜来尝,咬一口,脆脆的一响,说一声"泡好了",就将那尝过的泡萝卜让我们也来尝,我们接过来也轮番咬一口,脆脆的,酸酸的,但却没有哪个兄弟道一声"好吃",因为从我们开始有记忆起,酸萝卜就是我们家餐桌上天天见面的一道菜,我们都已经吃够了,没有一个觉得泡酸萝卜好吃。但母亲的泡酸萝卜却是在街坊中出名的,每次泡好一大缸后,母亲总要给左邻右舍的各家送去一大海碗,邻居们吃的时候都要"啧啧"地赞叹一番。我的母亲泡的酸萝卜十分好看,那皮金黄黄的,十分诱人,至于味道,我想在旁人眼里也是顶呱呱的,因为邻居中有一家是卖水果的,他家的孩子常常偷出一个苹果来悄悄找我,跟我换一个泡酸萝卜吃。我们各得所需,真是童年的一件乐事。

再好的美味佳肴吃多了也会厌烦。虽然那时我们家中每天餐桌上照例少不了酸萝卜这道菜,我们却不屑一顾,如果父母不在,就不会动它。只是在母亲的监督之下,才会去夹上一点,有时母亲嫌我们夹得太少,会替我们夹上一筷子。至于母亲,对泡酸萝卜好像吃不够似的,每天在家里吃了还不够,还要带上一钵到厂里去佐午饭。其实我们心里都明白:母亲不是对泡酸萝卜情有独钟,而是一心想节省几个钱,一心为了这个家呀!

但我们的母亲也会注意到我们生长所需要的营养问题,每隔七八天就会用两张肉票去买回一个大猪头(那时一张肉票只能割半斤肉,而猪头算不上肉的正宗,故又便宜又少要肉票),有的部位烧,有的部位炖,有的部位卤,让我们全家人大快朵颐一番。

自从我们都长大成人后,母亲从此再也未泡过酸萝卜,在这几十年的世事沧桑中,酸萝卜的记忆也逐渐在我们心中淡化或隐藏起来,想不到时下和我们母亲所泡的酸菜味道相差无几,甚至还差过我母亲的韩国泡菜居然能如此受到中国大都市人的青睐,想起来不由得令我感慨万千,甚至有点啼笑皆非。我的母亲现已接近耄耋之年,且已中风有些痴呆,倘若她还清醒,得

知她的孙子一辈爱吃泡菜酸萝卜,肯定会乐滋滋地再泡上一缸。然尽管她的泡菜不会比韩国的泡菜差,但孙子一辈的年轻人听说是中国自己泡的酸菜,还会摆酷地说爱吃吗?

我不由得沮丧地这样想。

土狗的命运

我不愿意想起芭莉,因为一想到它,我的心里就很难受。可是妻子几次都催我:写写芭莉吧! 我明白妻子的心情,终于提起了笔。

"芭莉"是一条狗,而且是一只土狗。

四年前的清明,我们回乡里扫墓,在亲戚家,我们见到了芭莉,那时的芭莉还是一只毛茸茸、肥嘟嘟的小狗,见它很可爱,我忍不住抚摸了它一下,亲戚见了便说:"你喜欢狗就带它回去吧,在我们乡里,狗是活不长的,它一长大,一到冬天,就会被人偷去,或杀了吃肉,或卖到餐馆。"

我听了,为乡里土狗的命运而唏嘘不已:狗是人类最好的朋友、帮手,狗对人类无比忠诚,为什么有些人还这么残忍,居然要吃人类的"朋友"呢?!

我决定把这只小狗带回城里养,我要改变这只土狗的命运,一直把它养下去。

小狗带回来后,为了表示尊重和喜爱土狗的生命,我还特地在网站上为这只小狗征求名字,结果网友们居然为小狗取了一个洋名"芭莉"。

没想到小芭莉在我们家生活了还不到一个月,就经历了一次生死风险。

一天,我到市场去买菜,它也非要跟我去,我只有依着它,任它欢欢地跟着我,因为它小,连小朋友们都不怕它,所以一路上倒也安然无事。可等我买好菜,往回走的时候,路边一个小店里突然钻出一条大洋狗,恶煞煞地直扑我们的小芭莉。我一时情急,四处找棍子来撵大洋狗,等吓退了大洋狗,再转头一看,小芭莉不知吓得钻到什么地方去了,我到处找到处喊均没下落。我怏怏地回到家里,儿子和妻子听说后也四处去找,然也无果。我沮丧地想:想不到芭莉到我们家还不到一个月就这么消失了,看来我并不能改变它的命运啊!谁知过了几小时后,蓦地依稀听见楼下有狗轻弱的叫声,我忙趴到窗台上一看:芭莉正一边哑哑地扒门,一边嘶嘶地叫哩!我喜出望外,大叫一声:芭莉回来了!随即向楼下冲去。

芭莉回来了,叫我们全家既兴奋又不可思议,大洋狗扑向芭莉的地方,离我们家起码有一里路,芭莉又是第一次出远门,一路上街巷又纵横交错,曲里拐弯,它又是仅两个多月大的小狗,它是怎么知道回家的路的呢?通过这件事,我们知道:我们芭莉的智商不比洋狗们低!

芭莉的生活习惯依然保持着土狗的优良传统,不挑食,我们吃剩下的米饭、馒头、红薯倒给它,它都欢欢地吃,而且还要把洒在碗周围的米粒吃掉,又把碗舔得干干净净,省得我们连碗都不用替它洗。

芭莉极其温驯听话,即使在野外,它正玩得兴致极高,但只要唤它一声,它就会赶紧飞奔而来;你想抚摸它,手一伸它立即就躺倒在地,任你怎样摸、揉、揪,它都不烦,而且四脚朝天地滚来滚去,眼睛里流露出一股柔情和欢喜。

芭莉的胆子又太小了,每逢打雷或是听到鞭炮声,它就吓得躲在角落里,再唤,它都不敢出来。我们家里还有一条小洋狗,名叫"嘟嘟",论身躯,芭莉比嘟嘟要大好几倍,可芭莉总是让着它,有时遇到有肉食时,嘟嘟一边吃着自己碗里的那一份,一边瞪着眼睛不让芭莉去吃它的那一份,芭莉就只有老老实实地待在旁边,尽管馋得不停地舔舌头,尽管我们一边呵责着嘟嘟,一边催芭莉去吃饭,它就是不敢去吃,总是要等到嘟嘟将自己碗中的肉食挑吃完了,又去芭莉碗里挑吃一遍后,芭莉这才去吃。

散文随笔 第二辑

芭莉的胆小老实还表现在,在外边它见了人和其他狗,都要低着头夹着尾巴避开走,唯恐惹事,这常让我想起鲁迅笔下的"成人闰士"。

想不到的是一贯老实不惹事的芭莉居然有一天也凶猛了一回。那是我们家的嘟嘟迷恋上了一条小母狗,每天守候在他家的后院,彻夜不归。每天晚上,我们都带着芭莉去找嘟嘟,有一天夜里,那只小母狗和嘟嘟一起出现了,还没等我们反应过来,芭莉忽地一下就冲了上去,将小母狗按压在身下撕咬着,我们赶紧拼命将芭莉拉开,才得以让小母狗逃生。这以后,每当我们牵着芭莉在小区溜达时,只要芭莉见到那条小母狗,就勃发大怒,拼命想挣脱绳索向那条小母狗扑去。我们分析:芭莉并不是因为吃醋而发怒的,因为它跟嘟嘟根本都不相配,即使它发情了,也不让嘟嘟扒它。芭莉的发怒纯粹是为了主人,因为它感觉到了我们找嘟嘟时的那种焦急的心情。

当芭莉长成一条大狗后,左邻右舍的人们都看清了芭莉是一条土狗,就常有人问:"你们怎么养一条土狗呢?"我也会正儿八经地回答:"土狗一样通人性,一样聪明可爱,养长了一样也有感情!"

有时,也有民工模样的人嬉笑地冲着我和芭莉说:"好肥的一条狗哇!杀了能炖一大锅哩!"我就忍不住教训他们说:"我们是不会吃狗的!吃狗是不人道的,是会受到老天谴责的!"

是啊,芭莉在我们全家人的心中根本就没有"土狗"的概念,它跟全世界所有的狗一样,都是可爱的生灵!我们把芭莉当作了家庭的一员。前年,当市公安局要求为狗上户口办身份证时,我们毫不犹豫地就带芭莉去办户口。代办户口的宠物店老板见了很诧异,说:"你这条狗就值一百元,你们居然肯花四百六十元为它办证!看来你们真是有善心啊!据我所知,为土狗办证的只有你们一家。"

一转眼,芭莉在我们家已经生活三年多了,小区的邻居们也都熟知了芭莉,再也没有人问我们为什么要养土狗,而是说:"这土狗的命真好!在你们家真幸福!要是在乡里,早就没命啰!"

我听了,很是欣慰,决心将芭莉养到老,永久保持它的好运。然而世事难料,有些事的发生是我们始料不及和难以把持的。

去年的五月,儿子结婚了,接着媳妇就怀上了孕。一大群闻知之信的亲朋好友轮番找上门来,都好心地劝我们将狗处理掉,说狗身上有虫和细菌,以免影响胎儿的健康成长,而且有的还举例说,某某家就是因为养狗,结果生下来的婴儿是脑瘫,是白痴。

在这么严重的问题面前,尽管我们难以割舍与狗的感情,但权衡之下,也不得不考虑暂时将狗送走,待孙子出生后再将狗接回来。

我们为芭莉选择了一个可靠的人家,那就是媳妇的娘家,她家就在近郊,也方便我们经常去看它,再加上亲家的屋后有一个封闭的院子,芭莉住在里面也很安全。

把芭莉送走的那天,我的心里极其难受,我躲在书房里不敢下楼亲自去送它,我怕看它那泪汪汪的眼睛。

芭莉走了,我的心里总有些放心不下,每天都要催儿子打电话过去问问芭莉的情况,头两天,听说芭莉因为离开了我们而拒食,我也难受得吃不下饭,后来听说它渐渐服从了眼前的生活,我的心里才释怀了一些。刚刚送去的头半个月,芭莉每天都趴在门前遥望着来时的路,哪里也不去,时刻都盼望着我们能突然出现。

每次儿子开车去看芭莉,还有老远的时候,就看见芭莉飞快地奔跑过来迎接我们,下了车就拼命地和我们亲热。每次要离开的时候,芭莉就守在车子旁不走,期待儿子把它接回来,儿子每次走时都要施计,把它哄骗到小院里关起来才能脱身。

在我们的牵挂中,芭莉送走已三个月了,亲家来电话说,芭莉现在已经喜欢上他家,他们跟芭莉也有了感情,常常花钱买些牛肝、鸡架给它吃,我们一家听了都很欣慰。

可就在我们为芭莉的生活和安全完全放下心来时,突然的一天,亲家焦急地打来电话,说芭莉失踪了,他们找了半天也未找到,而且他们听说,自芭莉到乡里后,就有狗贩子盯上了,一直在寻找下手的机会。亲家在电

话中还强调地说："看来芭莉肯定被狗贩子害了或偷走了，找回来的希望不大了。"

但我们全家都不相信这个事实，都还在每天期盼着亲家那边打来电话，说芭莉回来了，可是一天两天，三天、五天都过去了，再也没有了芭莉的音信。

现在几个月都过去了，我们终于不得不承认这个事实：芭莉再也回不来了！它早已被那些好吃的人们残忍地吞吃了！

想起芭莉，我的心里就不由得要大声呐喊：好吃的人啊，发发善心吧，不要吃人类的朋友——狗吧！社会啊，快制定一个不准吃狗的法律吧！不能让这种残忍之事再发生了！

入厕往事

我从小生活在大武汉，入厕在我的记忆中确实有许多可笑而又尴尬的窘事。

我们家那时所住的院子里总共有几十户人家，家家都没有卫生间，都只能到半里外的一个公厕去方便。由于早上入厕的人特别多，所以早上去入厕时常常要排队，这就得练就一身"夹屎"的硬功夫，否则你就是拉到裤子里了，也没有人会舍得将"蹲位"让给你。虽然那个时代人人学雷锋，别的场合下人人争当雷锋，然唯独这个"入厕"的位子，是没有人主动让位的，因为这不同在公共汽车上，在这里人人都心急火燎而身不由己。入厕排队的人也远不像排队买粮那样文明，而是一人扼守一个"蹲位"，以便"蹲坑"的人一起来，就以最快的速度去占据；好在那些刚方便完者此时也重新焕发了雷锋精神，并不在"蹲位"上慢慢系裤子，而是提着裤子立马"让位"，到一旁再慢慢系裤子。

因为上厕所的路途远，所以常有人去上厕所时顺便干点其他事，比如厕所旁边有个菜场，就常常见有人上厕所时拎个篮子进去，方便完后顺便买菜，如此也就常让路过的外地人生存疑惑：这里面到底是厕所还是菜场，进还是不进？记得我们院子里当时有个笛子爱好者，习艺正热，为了不浪费时间，每逢去上厕所时，他就带上笛子，一路走一路吹，一直吹到厕所方才止音；十来分钟后，笛子又响了，在回家的路上，那笛音悠扬活泼了很多……

白天上厕所怕的是排队，晚上去厕所则怕的是"踩地雷"，因为六七十年代里灯泡是凭票供应的，由此厕所的灯泡常常会被人"借"走，黑乎乎的厕所里就让一班调皮的孩子有了搞恶作剧的用武之地，他们故意将屎拉在厕所里的过道上，并戏称"摆地雷"。诚然，晚上入厕时，是必须带火柴去的，否则踩上"地雷"就连"方便"的心情也顿时"炸飞"了。有的人侥幸没有踩中"地雷"，但有可能会遇到另一种晦气，如遇到有醉酒者，摸着黑闯进来，也不管三七二十一，摸着是个空当就吐，就尿，等你惊叫一声骂开了，却为时已晚，头上已是污秽淋淋……

六七十年代，还有一件发生在厕所里的可笑之事，那时我们都以戴军帽为"酷"，常有人正解得"痛快"之时，蓦地被人把头上的军帽抢走了，被抢者是干着急而又无法；有的思帽心切，便也如法炮制，这样就来了个"抢性循环"只要戴军帽入厕者，军帽必被抢之。久之，大家形成一个共识，上厕所前，必将军帽取下拿到手中或塞到裤袋里。

进入改革开放的八十年代中期，我虽已进入而立之年了，然入厕问题仍没有多大改观。那时我们住在单位的两小间平房里，百十米外倒是有个公用的厕所，但因为是露天的，下雨时打伞方便倒也雅观，难受的是那蛆虫会顺着水势爬到脚背上，骇得人不寒而栗，不得不草草收之，逃之夭夭。还有令我尴尬的是：半夜时分，妻子和孩子不敢上厕所，就在尿罐里解决，有时晚上妻子不敢上厕所倒尿罐，便嘱我将尿罐拿到公厕倒之。我这个人文化不

散文随笔
第二辑

高,但却有文化人的薄面,既不敢违抗妻子的命令,又怕拎尿罐时让人撞见,故总像做贼似的,总要先侦察几番,一旦确认人迹罕见时,才拎着尿罐飞快地往厕所奔去,有时半路上遇到熟人,便难堪得恨不能找个地缝钻了进去。

改革进入九十年代时,城市的入厕问题已经有了很大的改观,很多有经济实力的单位都开始为员工修建单元房,并配有独立的卫生间。而我想解决入厕的问题却遥遥无期,因为我所在的基层文化单位连发工资都只能减半,至于修单元房那是连做梦都不敢想的。至于妻子所在的工厂,甚至比我们单位更差,到九十年代中期,即使每月"二百五"的低工资都已发不出了。

到九十年代末时,差的居住环境和生活的窘困,逼得我这个年已四十七岁的"老实人"只有铤而走"险",在单位办了留职停薪,带着妻儿南下到广州打工。在打工期间,我特意租了一套有卫生间的两居室,这是我有生以来居住和入厕的最佳环境,一想到居然是在异乡打工才享受到的,我就不免生出一丝苦涩的笑。为了改变生存的条件,我们一家人在异地他乡努力奋斗,几年后,当我们积攒了一笔钱后,首先就在我的老家买了一套有卫生间的两房一厅。

2004年春,我们全家回到了老家,住进了属于我们自己的单元房,然此时我们已不满足这仅有一个卫生间的生活条件了。我们这三口之家,都习惯于早上一起床就要上厕所,这样也就有了新的"争先恐后"的矛盾。于是我们全家人一致举手同意,卖掉这个仅有一个卫生间的房,买一套有"两卫"的房。

2005年的春天,我们全家人搬进了一个花园小区,住进了有四室两厅两卫的新居室。每天早上,当我安安生生、舒舒服服地坐在洁白的抽水马桶上时,我会由衷地感受到:如今的生活才真叫美好的生活。

第三辑

动物小故事

鹤每当快绣好一朵花时,总有人提不同的建议。她绣了拆,拆了绣,直到现在还是一条没有绣上任何花朵的白裙子。

鸡的翅膀

　　鸡原来有一对能高飞的翅膀,在天地间自由自在地翱翔。有一次,鸡不小心被人捉住了。人把鸡带回家,关在一个笼子里,把好吃的东西放在鸡的嘴边。鸡也不管三七二十一,大口大口地吃了起来,一边吃还一边想:"这下倒舒服了,不用自己辛辛苦苦地到处奔波寻找,就能吃到食物!"所以,后来当人把鸡放出笼子,鸡不愿意逃走了,一天到晚就守在人们的门前等着食吃。结果天长日久,由于长期不使用翅膀,翅膀逐渐退化了,变得不会高飞了。

篮子和水桶

　　篮子和桶比赛装水开始了。桶一下子就装满了,而篮子装了老半天还没满。篮子得意地对桶说:"你跟我简直不能比。你一会儿就装满了,而我装得下千条江万条河。"桶仔细看了看篮子装水的情景,说:"我是不能跟你相比。我装得虽少,但在我身上。而你装得多,真正能够留在你身上的却一点也没有!"篮子想争辩,但讲不出道理。

好与坏

人们谈到牛时都要伸出大拇指称赞。有一头牛从小听熟了这些话，不知不觉就渐渐养成了一种高傲的性格。等到它长大开始学做事时，要它去耕田，它不听话，还故意捣乱，人们因此而责备它。它很觉得奇怪，它说："你们不是一贯说牛好吗？为什么今天突然又说我坏呢？"人们回答说："我们说牛好那是指整个牛族而言的。至于你好不好，我们要具体地看事实！"

鹤的耳朵

一大早，鹤就爬起来，拿起针线要给自己的白裙子绣一朵花，刚绣了几针，孔雀过来问她："鹤妹你绣的什么花呀？"

"绣的桃花。"

"咳，干吗要绣桃花哩？桃花是易落的花，不吉祥，还是绣朵月月红吧！"鹤听了孔雀姐姐的话觉得有理，便把绣好的金线拆了改绣月月红。正绣得入神，只听锦鸡在耳边说："鹤姐，月月红花瓣太少了，显得有些单调，

我看还是绣朵大牡丹吧,牡丹是富贵花呀!"鹤觉得锦鸡妹说得对,便又把绣好的拆了,重新开始绣牡丹。绣了一半,画眉飞过来,在头上惊叫道:"鹤嫂,你爱在水塘里栖歇,应该绣荷花才是,为什么要去绣牡丹呢?这跟你的习性太不协调了!"鹤听了,觉得也是,便把牡丹拆了改绣荷花……

鹤每当快绣好一朵花时,总有人提不同的建议。她绣了拆,拆了绣,直到现在还是一条没有绣上任何花朵的白裙子。

黑天鹅

黑天鹅听见大家都说白天鹅美,心想:"还不是我生得黑,它生得白!嗨!要是哪一天能跟白天鹅换一身羽毛就好了。"终于黑天鹅想出个办法。夜里,它找来一瓶墨水和一盒白粉,趁白天鹅熟睡之际,悄悄地把墨水涂抹了它一身,又在自己身上擦满了白粉。第二天一早,众姐妹刚睁开眼睛,黑天鹅就慌忙宣布:"你们看,白天鹅变黑了,我变白了,白天鹅丑了,我美了!"大家听了哄堂大笑起来,纷纷嘲笑黑天鹅。黑天鹅一时感到疑惑了。这时大姐走过来诚恳地说:"小妹,我们平时说你丑,说白天鹅美,不是指你们的外表,而是指你们的内心。你平时为自己想得多,而白天鹅为大家想得多,这就是你们真正的丑和美。就拿今天你做的这件事来说,不更证明你的丑吗!其实,涂抹和伪装外表又有什么用,大雨一冲还不是现了原形。你如果真想丢掉丑,要大家说你美,就要彻底地改正缺点。"

怕吃苦的猩猩

猩猩见人神通广大，又会造屋，又会种田，还会做衣，生活得很幸福，便向人求教道："我跟你们一样有五官、手脚，有没有办法让我也能变成和你们一样聪明能干？"人答道："有哇！"猩猩说："那请你教我吧！"人说："那好。首先你得锻炼站立起来，解放手，学会用手去做事情。经过长期的刻苦的锻炼养成习惯后，你再来找我。"猩猩听了，第二天就开始照人说的那样去做。但站立了一会儿，就累得全身酸疼。猩猩想："我这才站了一会就累得够呛，要长期这样下去，那不要把我累死！算了，这还不如我过去那样生活得舒适、自在！"从此，猩猩还是照样生活。由此，变成人那样聪明、能干也永远只能是梦想。

想做大木柜的猴子

大象造了个美观的大木柜，受到了大家的称赞。猴子看见很羡慕，便去向大象拜师："大象，你教我做大木柜吧？"大象答应了，猴子高兴得蹦来

蹦去。

第二天，大象拿了一节木头对猴子说："来！先学着把它锯开、刨光。"猴子听了，嘴巴噘得老高，不高兴地说："大象伯伯，我是来跟你学做大木柜的，不是来学锯和刨的。"大象听后，耐心地对猴子说："孩子，你不先学锯和刨，怎么能学做大木柜呢？"猴子听不进去，反而说："世界上像我这样聪明的有几个？要我学锯、刨太丢面子了。算了！算了！我不跟你学。我要学就学做大木柜。"说完就走了。结果猴子到老也不会做大木柜。想一想，为什么猴子没学会做大木柜呢？

怕火的猴子

猴子在一堆灰烬里扒到了几颗熟板栗，放在嘴里一嚼，真是又香又甜，比生板栗好吃多了。于是，猴子决定从今以后，改变吃生板栗的习惯，捡到了板栗一定要烧熟了再吃。

这天，猴子又捡到了一大把生板栗，正巧发现一堆余火，它喜得连忙把板栗丢进火里。过了一会儿它闻到了熟板栗的香味，便伸手到火堆里去拿烧熟了的板栗，由于没得经验，它的手被余火烫了一下，痛得它哇哇大叫，一下子逃得远远的。从此，尽管猴子知道熟板栗比生板栗好吃得多，但再也不敢靠近火了。

受了挫折就再不敢实践的人，是永远不能前进的。

出差错的小牛和不出差错的羊

春天,小牛长大了,它开始去学做事。第一天它去学碾场,由于头回上阵,它心里有些发慌;拖着石碾轻一脚重一脚地走得不均匀。结果有的地方碾得结实,有的地方还有些松软。第二天它去学耕田,一套上犁,小牛高兴极了,使出全身力拉车,这次小牛想:"我这次得看准路线,走平稳一点。"但出乎意料,车轮绊了块石头,车子歪到沟里去了。小牛接连三天出了差错的事儿传到山羊耳里,它幸灾乐祸地跑到小牛面前取笑它:"你呀,专门出差错。我跟你一般大,可我连一次差错都没出呢!"

小牛听了也不生气,一本正经地说:"我是出了一些差错,但我也得到了一些经验。你呢,什么事都没做,怎么会出差错呢?!"

苍蝇和蜜蜂

有一只金苍蝇,头戴红缨帽,身穿紫罗袍,打扮得十分漂亮。为此,金苍蝇感到非常自豪,到处夸耀自己。这天,它碰上了一只和它一样大小的蜜蜂。它

把蜜蜂上下打量了一番,发出了讥笑的嗡嗡声:"……土蜜蜂,真应在你的名字前面加个土字,看你全身像黄土一样的颜色,多么单调啊!看看我,多漂亮!"

蜜蜂也不争辩,只顾忙着飞进百花丛中。花儿见了蜜蜂,一个个都向它招手微笑,十分亲热。苍蝇看见这般情景,心想:"土蜜蜂都这么受欢迎,我比它漂亮多了,花儿见了我不是会更亲热吗?"苍蝇越想越得意,索性也鼓翅飞进花丛。谁知花儿见了,个个都皱起眉头,连连挥手道:"快滚快滚,别把毒菌传染到我们身上了。"金苍蝇碰了一鼻子灰,难堪地飞走了。

爱面子的乌鸦

森林里的鸟儿原来都不会唱歌。有一天从很远的地方飞来了一只很会唱歌的云雀,它的歌声那么委婉动听,感动了森林里所有的鸟。所有的鸟一致要求云雀教它们唱歌。云雀答应了。

开始教歌的第一天,云雀首先教音符。它教一声,大家就唱一声。教了一会儿,云雀为了检验学生们学习的情况,就一个个地点着它们起来唱。第一个点的是乌鸦。乌鸦红着脸,扭扭捏捏地站了起来,不好意思地低声发出了声音。由于它的羞涩,发出的音符走了调,大家一下哄堂笑了起来。这一来乌鸦更羞得脸红脖子粗,它暗地里想:"嗨!多丢人呀!丑死了!"云雀制止了大家的笑,为了好纠正乌鸦的发音,她叫乌鸦大声再唱一遍。乌鸦却想:"这不是存心丢我的面子吗?我才不愿再丢丑呢!"它一声也不吭,恨恨地飞走了。

云雀只有点其他的鸟来唱。其他的鸟头几次发音也走了调,大家也同样地笑话,但却都没有像乌鸦那样飞走,而是总结经验耐心地学了下去。

后来,所有的鸟都学会了唱歌,唯独乌鸦到现在还不会唱歌。

爱面子的人是学不到本领的。

爱炫耀的孔雀

上午,孔雀最早织成了一件裙子。它高兴极了,连忙跑到鹤那里,见鹤的裙子才织了几针,便奚落道:"哟!你才下针啦!你看,我可早都织好了!"说完,又赶紧跑到锦鸡那里,见锦鸡的裙子才织了一半,便神气地说:"哼!你才织了一半哩!你看,我早都织好了一件裙子",便嘲弄道:"你才织好一半呀,我早都织好了一件啦!"

等孔雀向每个姐妹炫耀完了,在回来的路上,这才看见姐妹们每个都已经织好两件裙子了。

蚕和卷叶虫

一条蚕正在用心地细嚼着桑叶,忽然一阵春风吹来,隐隐约约好像听到谁在喊它。抬头一看,原来是附近一棵杨树上有一条卷叶虫在向它点头。

蚕一见卷叶虫就十分厌恶,转身就走。卷叶虫连忙说:"你别走,我们在一起谈谈吧,你和我可是同类啊!"蚕摇了摇头说:"我可不跟你是同类。"卷叶虫奇怪地问:"我们不都是靠树叶为生吗?"蚕回答说:"虽然我们都是靠吃树叶为生,但你吃树叶是为了延续生命,破坏树木的成长,而我吃树叶是为了让树叶变成造福于人类的养料。"卷叶虫自讨了个没趣,一声不吭地爬走了。

电线杆和小树

电线杆看到离自己不远的地方有一棵小树,于是嘲笑地说道:"你怎好意思和我站在一起!看,相比之下,你是多么矮下,我是多么高大啊!"说完,再也不看小树一眼,抬起头仰望着天。

转眼几年过去。电线杆的两脚开始腐朽,一阵大风刮来,它有点站立不住倾斜了。这时,它才惊讶地发现,小树已长得比它高了。电线杆问小树:"你怎么会变得比我高了?"

小树诚实地说:"这是我不停地吸收新鲜的空气和水分的结果。你虽然开始比我高大,但却不能吸收新的养料,所以只能停留在原地等待腐烂了。"

公鸡和母鸡

公鸡抖了五彩斑斓的羽毛，摆了摆鲜红的冠子，对站在旁边的母鸡："你看我多漂亮，而你们呢，要么一身黑，要么一身黄，有的还一身麻点点的，难看死了。"母鸡听了，当即回敬了一句："我的装饰是没有你美，但我可以每天下蛋，能为人类造点福，而你呢？"公鸡连忙趾高气扬地说："我每天一大早就喊他们快起来上工。"母鸡又回敬了一句："光叫人家做工，自己却什么都不做，亏你有脸说得出口！"一句话说得公鸡的冠子更红了。

兔子为什么吃草

兔子吃厌了草，想自己种点菜吃。它找到种白菜的羊问："白菜种下去要多长时间收获？"羊答："要三个月。"兔子一听，掉头就走。它想：种白菜时间太长了，我等不及，我要找一种今天种明天就能吃的菜。兔子又找到种菠菜的鹅问："种菠菜要多长时间收获？"鹅答："要一个多月。"兔子一听，又掉头走了。它又去找种苋菜的小鹿，听说种苋菜要两个月才能收获，

又掉头走了。

　　就这样,兔子找了一年还是没找到今天种明天就能吃的菜,也就只有还是吃草了。

第四辑

寓言

一只飞碟因故障而不得不落在地球上。当地球上的科学家第一眼看到外星人的模样时,都惊呆了:外星人十分丑陋,四肢萎缩,而头却相当大。

白杨和垂柳

画家来了,白杨和垂柳争了起来。

白杨指着垂柳说:"你看它虚弱消瘦,一身病态;而我健壮挺拔,一身刚气,还是画我好。"

垂柳说:"还是画我好。你看我轻盈洒落,袅娜妩媚;而白杨枝硬干粗,一身俗气。"

画家听了说:"你们各有独特的风姿、形态,都是我们艺术家所需要表现的。但你们各自为了突出自己的特色,就去拼命丑化对方的特色,这就不对了。"

车轮的位置

自行车在奔驰着,前车轮瞥了后车轮一眼,得意地笑出声来:"哈哈,我们同样都是车轮,可我总走在你的前面,你总跟在我的后面。你不感到屈辱吗?"

后车轮也不争辩，默默地继续行它的路。

不久，这辆自行车拆散修理了。在修好整装的时候，主人把车轮换了一下位置。

自行车又开始奔驰了，过去的后轮瞥了一眼如今的后车轮说道："老兄，你这回可明白了吧，过去并不是你能干、先进一些，而是我们所处的位置不同而已！"

现在轮到后车轮默默无语了。

百灵鸟的歌

当百灵鸟敞开歌喉后，那优美的歌声立即招引来无数听众，大家都纷纷夸奖着它，百灵鸟听了高兴万分，每天从早到晚不知疲倦地唱着。可它越卖力，听众却越少，最后竟没有一个听众了。百灵鸟很是沮丧，它便到喜鹊大姐那里去诉苦："大姐，我的歌喉还是那么好，但大家为什么都不来听我的唱歌了呢？我又没有骄傲！"

喜鹊说："小妹，你的歌喉还是那么好，但你总是反复地唱着那支歌，大家都已经听厌了，自然也就不愿再听了。"

百灵鸟听了，谢了喜鹊大姐，当天就赶学了几支新歌。第二天，当它又亮开歌喉时，大家又都飞来了，听得津津有味。

不合时宜

春天,有一个人买了一顶鸭舌帽戴在头上。他邻居的一个姑娘看见了,说:"你戴这顶帽子真好看!"

于是这个人便颇有些沾沾自喜,帽子戴在头上总舍不得取下来,一直戴到了夏天。这天,邻居的那位姑娘还见他戴着那顶帽子,便说:"这么热你还戴帽子,是不是头上生了癞疮?"

那个人被问得啼笑皆非。

诗人和野花

有一天,诗人来到草原,看到许多不知名的野花在那里开放,便诗兴大发:"啊!在那辽阔的草上,无名的野花遍地开放……"他脚下的野花听了好笑道:"尊敬的诗人,我们并不是没有名字的野花,只不过是你并不知道罢了!"诗人听了,目瞪口呆,诗兴也不知飞到哪里去了!

高和低

高楼房上面的画角,俯身看了看垫在最下一层的基石说:"你看我们站得多高,视野多么开阔!而你们默默无闻垫在最下层,看得到的地方太有限了!我真替你们可怜!"基石回答说:"可敬的先生们,没有我们垫在最下层,哪有你们的高呢?"

外星人的丑陋

一只飞碟因故障而不得不落在地球上。当地球上的科学家第一眼看到外星人的模样时,都惊呆了:外星人十分丑陋,四肢萎缩,而头却相当大。

当外星人利用"语言转换器"开始和地球人交谈时,地球科学家首先问:"这些年来,你们乘飞碟经常遨游在我们地球上空,可你们为什么不主动跟我们地球人接触呢?"

外星人道:"我们怕你们看到我们丑陋的外表,而从此中断了对科学的追求!"

地球科学家问："你们已经相当文明先进，难道自尊心和虚荣心还能干扰你们的行为？再则，你们外表的丑陋跟我们对科学的追求有什么关系呢？"

外星人道："我们原来也是生活在地球上的，跟你们是同类，大约十万前我们这个部落被外星人带到另外一个星球生活。由于那个星球已经相当发达，我们平常的生活不必动用四肢，而只靠大脑和嘴巴发表指令就行了。诚然我们的四肢就逐渐退化萎缩了，这就是我们跟你们相比，变得丑陋的原因。科学虽然能改变世界上的一切事物，但对人类自身的毛病都是难以克服的，比如虚荣心和自尊心之类的毛病！"

野人之谜

公元 2020 年，人们终于在神农架逮到一个野人，科学家立即对其进行全面考察。野人最终被人类的友好态度和丰盛食物所感化，嗷嗷叫着把科学家带到一个山洞。山洞石壁所刻的文字向人们揭开了野人之谜。

唐代，一帮文人学士厌倦了官场的险恶和世态的炎凉，又受了陶渊明《桃花源记》的影响，便结帮携妻来到这深山老林，过起与世隔绝的生活……

于是科学家们由此推断：这些野人正是那帮逃避现实的文人学士的后代。是与世隔绝的生活使他们在大脑、语言等方面发生了严重退化，最终变成了野人。

老牛和汽车

在一条狭窄的公路上,老牛慢慢地走着。汽车无可奈何地跟在后面。老牛回头看了看汽车,神气地说:"人家都说你比我跑得快,我看也不见得,要不,你怎么老跟在我后面呢?"汽车长叹一口气道:"你在前面把路堵死了,我有天大的劲也使不出来,怎么超过你呢?"

叫响的车轮

大道上走来几辆车。其中有一个车轮"咯吱、咯吱"地叫响着,惹得过往行人看。叫响的车轮甚是得意,对其他的车轮说:"你看我多么引人注目,而你们却默默无闻。"这时车夫听了说:"你真不害臊!你的叫响正说明你不好,需要修理。好的车轮从来是不声不响走自己的路的!"

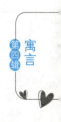

救人的办法

"救命哪!"呼救的声音惊动了正在附近做活的几个人,他们同时朝呼救的地方跑去。原来是一个小孩不小心掉进水井里去了。甲说:"应该马上去找一根绳子来。"乙说:"应该去找一根竹篙。"丙说:"应该去找个长梯子。"但他们都没有动。眼看井下的人已经不行了,三个人站在井台上焦急万分,但就是没有一个人移动脚步。这时又跑来一个人,他二话没说,连忙顺井壁下到井里,把那小孩救了上来。

十个知道怎样去做的人,不如一个去做的人。

猴子和牛

猴子看见牛的背上长了一个瘤子,便嘲笑说:"哈哈,你的背上有一个瘤,真不雅观!"牛听了不但没生气,反而谢了猴子,然后连忙去找马医生看。马医生看了说:"你长的是一个毒瘤,如果再来晚一点,那就没有治了。"牛的病好了后,就连忙去找猴子,准备好好酬谢它。这天牛终于找到猴道谢,一眼瞧见猴子背上好像有点肿，便连忙说："猴子老弟，你的背上也像不大对头哩！赶快去找马医生看看吧！"猴子自以为很聪明，它想："哼，我说了你背上有瘤，丢了你的面子，你就有意来报复，我才不上当呢！"因此它眨着红眼睛，坐在那儿不动。牛耐心地劝说，猴子却不耐烦了，跳上树跑走了。过了不久，猴子感觉背上疼痛难忍，这才去找马医生。马医生看了说："这是毒瘤，你要是早些来还可以治好，现在却已无可救药了！"

内弦和外弦

一天二胡上的两根弦争了起来，内弦说："别人都说二胡奏出来的音乐美，这主要是我的功劳。我的音色深沉柔和，谁听了都感动得流泪。"外弦说："主要是我的功劳。我的音色清脆悦耳，谁听了都激动得眉飞色舞。"两根弦都争说自己的音色美，互不相让。最后总算决定分开去演奏，让大家来评价谁的音色美。出乎两根弦的意料之外，大家听了两根弦各自的演奏后，都说两根弦的音色太单调乏味了。两根弦都觉得很奇怪，它们便一起去问它们的主人这是什么原因。主人回答说："内弦和外弦各有风格和特色，只有结合在一起，奏出来的音色才能完美。"

狼和刺猬

一只狼饿极了，到处找食吃。找了半天只找到一只刺猬。尽管它馋得直流口水，但看着刺猬却无处下口，便气急败坏地骂道："你身上为什么要长刺？你这是显示武力的行为，是爱战争的表现，是野蛮的象征，是霸道，是挑衅！……"

狼的破口大骂并不能使刺猬感到羞辱，它冷冷笑道："不管你给我加上多少罪名，我只承认一个事实：如果我不长刺，早就成了你口中之食！"

帽子和鞋子

帽子嘲笑鞋子道："你总是被人踩在脚底下，而我却被人高戴在头上。你和我太悬殊：你太受屈辱，而我高高在上！"

鞋子反唇相讥："你别太得意了！要知道，如果没有我的低下，就没有你的高尚。你虽然高高在上，却不牢靠，大风一吹，就被吹落。我虽然低下，但一步一个脚印；你虽然高高在上，可又能留下什么痕迹呢？"说得帽子张口结舌。

名师出高徒

有一个懒人无意间在书里看到"名师出高徒"这句话,高兴极了,他心想:"我总算找到了一个不花力气就能出众的诀窍。我去拜个名师,自己不就成了他的高徒吗?"他越想越开心,第二天就去拜了个名画家。但他从来没有去跟老师学,而是一天到晚在外面吹嘘:"我的老师是个有名的画家,我就是他的高徒。"有个聪明人听了,请他去画几张,结果他连画笔都不会拿,当场出丑。聪明人说:"光有名师不学习还是成不了高徒!"

牛和鹅的眼睛

牛的眼睛里像有一个放大镜,什么东西在它眼里都比原样大。在牛的眼睛里,人比自己不知要高大多少倍,所以牛害怕人,在人面前十分驯良、温顺。而鹅则相反,什么东西在它眼里都比原样缩小了。在鹅的眼睛里,人比自己还要小。所以鹅不怕人,常常主动去吸人,企图吓唬人。然所得其反,得到的常常是沉重的一脚。

清高的白纸

　　有一张白纸,当它看到同伴们都高高兴兴地走向人们的笔下,便嘲笑道:"你们是多么下贱、多么平庸、多么不自重啊! 为什么要让洁白的身躯去受人任意污染呢? 而我自死至终也要保持自己的贞洁。"说着,便飘然飞到角落里隐居起来。岁月渐渐流逝了,清高的白纸渐渐发黄、变霉,身上还落满灰尘。再看看自己的同伴,都被人郑重地放在桌子上。清高的白纸这才感到后悔。

鱼和蚯蚓

　　鱼见了蚯蚓就扑了过去,恶狠狠地说:"我要把你吞下去。要不,留着你是个祸害,到头来引诱我上钩!"蚯蚓说:"你要吞就吞,你的话太费解。你如果不是生性要吞我的话,人们也就不会把我当诱饵了!"

恨鼠烧房

有一个脾气暴躁的人，偏偏家里的老鼠又多又厉害，几乎每天都有衣物被咬坏。他恨得咬牙切齿，暴跳如雷，想了许多办法来捕捉老鼠，但怎么也捕不干净。于是，他气得发了疯，一把火将房子点着了。他一边看着燃烧的房子，一边恨恨地说："哼！老子看你这回往哪里跑！"

虽然这次老鼠是赶尽烧绝了，但损失比老鼠的存在不知要大多少倍！

蝴蝶风筝的坠落

春来了，人们把蝴蝶风筝放上高高的天空，让它在蓝天里玩耍。蝴蝶风筝玩了一会就觉得不痛快了。它想："我也有一对翅膀，何必要受人控制呢！我如果想飞到哪就飞到哪，不是更自在吗？"蝴蝶风筝越想越不服气，终于下定了决心挣断线自己飞了起来。乘着风大，蝴蝶风筝越飞越高，也越飞越得意，它甚至觉得其他的风筝都是傻瓜，唯独自己最聪明，最大胆。谁知蝴蝶风筝正想得开心，突然风停息了，蝴蝶风筝不由自主地栽到河里去了。

两兄弟放鸽

有兄弟俩，各自喂了一只幼鸽。鸽子长大了后，兄弟俩一起带着鸽子放路。哥哥走了一里路就把鸽子放了。弟弟见了想：哥哥的眼光太浅，我的鸽子起码要带到百里外的地方去放。哥哥的鸽子放回来后，主人又把它带到十里外去放，百里外去放，后来这只鸽子能飞到千里之远，锻炼成很出色的信鸽。而弟弟的鸽子呢？第一次放出去后就再也没有回来。

鹭鸶和鱼

鹭鸶从河里叼住一条鱼的时候，鱼说："你如果是肚子饿了，我宁愿让你吃了。可你辛苦半天，其结果自己只能吃一少部分，大部分都被你的主人拿走。且你的主人在你捉鱼时怕你吃了，还用铁丝勒住你的喉咙。简直太残忍了！"

鹭鸶听了，毫不动心地说："我不会上你的当！虽然我现在捉的鱼多，吃得却少，但到冬天，江河封冻，我捉不到鱼时，主人却照样饲养我，我才不至于饿死！"

麻雀的谦虚

鹰在高高的天空上翱翔着,群鸟都称赞它的壮志和本领。麻雀听了,心里很不舒服,愤愤地对大家说:"鹰这是轻浮的表现,是在炫耀自己!而我总是低低地飞,你们应该称赞我的谦虚才是!"

百灵鸟对麻雀说:"就算你低低地飞是一种伟大的谦虚,那现在就请你施展一下本领飞上天空去把鹰叫下来吧!"麻雀听了,吓得钻进刺蓬躲了起来。

美与疯

有个姑娘穿了件大红的衣裳,显得特别漂亮。当她走上街时,十分惹人注目。许多人都赞不绝口地说:"这个姑娘配这件红衣裳多好看,多漂亮呀……"姑娘听了十分得意,心想:"我仅仅穿了一件红上衣人家都说我漂亮。我如果全身上下都穿红的,那人家岂不要夸我比天仙还美了!"于是她赶忙做了一条红裤子,又买了一双红鞋子,把这一身红的全部穿上后,便

兴冲冲地跑到大街上。然而出乎意料,当人们看见她时,都惊异地说:"这个姑娘疯了!"

农夫治眼

某个农夫眼睛生病,疼痛难忍,便去求医,医生看了说:"此病只需用毒蛇胆泡酒,喝了便可好。"提起毒蛇,农夫就恨得咬牙切齿地说:"我不用毒蛇的东西治病。那一次,我被毒蛇咬了一口,差点送了命呢!"医生笑着规劝:"毒蛇咬过你和用它的胆给你治病是两码事,你何必计较?只要能治好你的病就行。"农夫愤愤地说:"毒蛇咬过我就是我仇敌,用仇敌的东西治病,那还算什么堂堂的大丈夫?我不用,我要分清和仇敌的界线。我就是要有这个志气!"农夫说完,头也不回地走了。结果,农夫的眼瞎了。

傻瓜的日历

有一个傻瓜发现人们过一天就揭去一页日历,心想:"人们还说我傻,他们自己才傻哩!干吗要让自己变老呢?不揭日历这一天不就过不去?!"

傻瓜发现这个诀窍后，也去买了一份日历牌挂在家中，但从来舍不得揭去一页。自此，傻瓜逢人就说："你们都太傻了，让自己一天天变老了！只有我才聪明，找到了一个永远保持年轻的方法！"

鼠逃弃猫

有一个人家里老鼠成灾，便养了猫，老鼠果真全消灭了。这个人想：既然老鼠没有了，再每天喂猫就不划算了，于是不再喂猫了。猫忍不住饥饿逃走了。没过几天，那个人家里的老鼠又成了灾。

胆怯的砖坯

一排排砖坯走进炉膛去接受烈火的考验。有一块砖坯刚走到炉口就感到一阵热浪扑面而来，它心里害怕了。于是，就悄悄翻身溜到炉脚躲了起来。没过几天，它的同伴们从炉膛里走出来，一个个变成了坚硬、结实的红砖。它们见到躲在炉脚的砖坯，惊奇地问："你怎么不到炉火中去经受一次锻炼呢？"砖坯说："我这样生活得不是怪好吗！为什么要去吃那份苦？"正说

寓言 第四辑

着,一阵暴雨袭来,红砖们毫不畏惧地挺立着,而砖坯已经被淋得又变成了一摊稀泥。

不敢经受艰苦环境锻炼的人,他的意志永远是脆弱的。

灯塔和礁石

礁石对大海说:"灯塔真可恶,每天夜里都在向你炫耀!"

大海说:"我很欣赏它的炫耀,否则你的阴谋就会得逞!"

电灯和煤油灯

电灯向四处炫耀着夺目的光芒。偶然,它意外地发现角落里有一盏煤油灯,横竖无事,电灯就拿煤油灯开起心来,"老兄,有我这个年轻有为的在这里照耀四方,你这个时代的老朽何必还要待在这里白占个地盘?你若是知趣,快离开这里吧!"

煤油灯毫不生气,谦恭地说:"我不能离开这里,也许还有用得着我的时候!"

"哈哈哈！你真是癞蛤蟆打哈欠，好大口气！有我在，还有用得着你的时候？！"

说也巧，电灯话刚落，突然出现故障，熄灭了。电灯顿时慌了，急得喊叫起来："好黑啊！太可怕了！快来人给我修理呀！"

闻声跑来一个工人。他首先点亮了煤油灯，借着煤油灯的光亮，他很快把电灯的故障排除了。

电灯又亮了，当它再看见煤油灯时，脸不知不觉地红了。

象的悔恨

在大非洲某国，象是靠自己劳动来生活的。这天，有一头象干了一天活累了，正趴在那里休息。一个金黄头发，绿眼睛，白胖胖的人走到它身边说："我已经观察你一天啦！你是多么辛苦啊！我深表同情。你要是在我们西方国家，不仅每天什么都不干，而且住的是漂亮的宾馆，吃着你最喜爱的食物。"大象听了心想："那该是一个多么理想的天堂啊！"便央求那个人把它带到他的国度去。那个人欣然同意了。果真大象一到那个国家，就被接进一个漂亮的宾馆，而且每天都吃着丰盛的食物。只是每天吃完饭后，就被那个白胖胖的人引到一个用铁栏栅围起的大院子里。拦栅外很多人看着大象说着笑着，还有好多称赞的话语。大象高兴极了，心想："我这真是到天堂了。"然而时间一长，大象对这种生活感到厌烦了。它觉得生活的圈子太狭小了。每天都是千篇一律的生活，对于它这个自由惯了的性格来说是多么不习惯啊！它多想到广沃的森林和清澈的小河边自由地散散步，呼吸一下

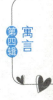

第四辑 寓言

清新的空气！这一切却都只能是梦，稍微流露了一下这种情绪就要遭到主人的漫骂和毒打，大象的心绪越来越坏了，在它的眼中，那些围观的人也变了，尽是讥嘲，取笑。终于，它愤怒地克制不住自己了，想走近围观的人去报复一下、出出气，但又被栅栏阻住了。大象纵使有千般力气也只能望着坚实的栅栏和栅栏外的人群干瞪眼。直气得大象在原地跺着脚，打转转。这一来，围观的人群笑得更厉害了，大象此时才领悟一个道理：工作再辛苦也比失去自由好得多！

水牛和野牛

春天来了，田野如画，一头水牛正在田里俯首拉犁。蓦地，一头野牛出现在它的面前，奚落它道："你干吗这么傻呀，替人类出力死做？你看我多自由，想到哪里就到哪里！"

水牛抬头看了野牛一眼，说："我是在为人类出力，可人类给了我应有照料和报酬。别看你现在自由自在，到了大雪封山时，你到哪里去找吃的？当你生了病，谁又能来照顾你？正因为我的祖先吃够了你那种野性的苦头，才愿意过现在这种有保障的生活。"

野牛听后，不由得深思起来。

浮萍与藕

　　浮萍怡然自得地浮在水面上，它看了看脚下的藕，得意地嘲笑道："你看我多么出众，人们一眼就看得见我。而你多倒霉呀，扎在深深的泥土里谁又能知道你呢？"藕一点也不生气，而是叹道："等着瞧吧！"几天后，人们来到池塘里。浮萍连忙露出妩媚的样子朝人们频频招手。人们却不理睬它，而是从泥土深处把藕挖了出来。藕看了看在一旁冷落的浮萍说："今天你可知道了吧，浮在表面上的东西并不等于被人看重！"

拴猫捉鼠

　　有一个人家里有很多老鼠，他就去买回一只猫。他怕猫跑了，就用绳子把猫拴住。就这样喂了几个月，猫一只老鼠没捉住。于是这个人便气愤地呵斥猫道："你每天白吃我的食，却一只老鼠都捉不到，原来你是一只无用的猫呵！"猫回答说："主人，我的无用是因为你的愚蠢造成的。你又想要我捉老鼠，又不放心我，把我的腿拴住不放，这叫我怎么捉得到老鼠呢？"

向日葵的虔心

　　向日葵坚贞不渝地围绕着太阳转,就是把它的头砍了,它的脖子依然朝着东方。有一团躲在阴暗角落里的霉菌,见向日葵对太阳这样虔诚,心里便感到不舒服。它嘲笑向日葵:"你何必要这样崇拜太阳呢?难道你甘愿当太阳的奴隶?"向日葵听了气愤地反驳道:"你这是明目张胆挑拨我和太阳的关系。没有阳光的沐浴,我怎么能生长、开花、结果呢?!而你躲在阴暗的角落里咒骂太阳,正说明了你的灵魂深处有肮脏的东西怕见阳光!"

小溪和大江

　　一条小溪叮叮咚咚地流着,一路上自豪地呼喊:"看呀,我有这么多浪花!看呀,我有这么多浪花!"突然,一条大江出现在它的面前,小溪顿时惊呆,多大的水呀!可大江却一声不响,汹涌地流淌、流淌。对比之下,小溪感到自己太轻浮了,不禁自责、内疚、愧悔。最后,鼓起勇气投入了大江的怀抱。

小草和石子

　　一粒圆滑的石子轻视地对小草说："看你的样子是多么轻飘孱弱呵！看看我吧，又结实又坚定！"话音刚落，一阵狂风吹来，把石子吹得直滚，一会儿就不知滚到哪儿去了，而小草却仍然牢牢地生长在自己扎根的土地上。

猴子看病

　　有一天，猴子病了，它就去找马医生看。马医生给它检查后，给它开了药，猴子吃了一天药后，病没见好，就认为马医生看病不高明，于是它又去找牛医生看。牛医生看后，也给猴子开了点药，猴子满怀希望地吃了一天药后，病仍没见好。猴子就想："看来牛医生也是个草包。"便又去找羊医生看。羊医生看后，也给猴子开了药，猴子吃了一天药后，病还未见好，便愤愤地想："看来，没有一个医生有真本领，都是江湖骗子！都是为了骗钱！我再也不上当了！"

　　自此猴子再也不去找医生看病了，病情也越来越严重了。

寓言 第四辑

公鸡走调

公鸡参加了百鸟合唱团。一次森林里又开联欢会,第一个节目就是百鸟合唱团的合唱。公鸡站在百鸟中放声高歌,唱着唱着,它心里升起一股不满情绪,它想:这合唱团数我的嗓子最好,可这样一齐唱,谁能知道我?想着想着,公鸡的歌声一下子走了调,翻了高八度,刚才还是和谐的大合唱,顿时乱了,责备的眼光纷纷向公鸡射来。

好心肠的羊

羊的心肠很好。当它听说猴子病了不能上树采果子后,就连忙对猴子说:"我帮你去采果子。"可当羊来到果树下时,却爬不上树,摘不下果子来,羊只有垂头丧气而归。

又有一次,当它听说马的腿摔断了,不能拉车后,它又连忙自告奋勇地要去帮马拉车。可当它套上车后,却拉不动,又只好沮丧地走了。

尽管羊心肠很好,总是拍胸膛要帮别人,但却总没帮上忙。

云和大海

云在天上自由自在地游来游去,它俯身看了看下面的大海,狂笑道:"哈哈,别看大海无边无际,气势磅礴,却只能仰看我!"云正得意,一阵大风吹来,它经不起寒冷,连忙缩成一团;又一阵大风吹来,云再也支持不住了,化成雨逃进大海躲了起来。

智公移山

有一个智公,听到"愚公移山"的事迹,心想:"我门前也有一座山。我要学愚公精神,把它挖掉。"从此,他每天挖山不止。一天,一个叫直公的见了,笑道:"智公差矣!你门前有一条山沟正好穿山而过,这座山又没挡住你的去路;而这山又很富饶,你们全家都靠山生活,为什么非要把它挖掉呢?!"智公慷慨陈词道:"愚公是天下知名的先进典型,学习他如果讲什么价钱,计较什么得失,岂不成了不求上进、苟且偷安的人吗?!"智公听不进直公的话,照样每天挖山不止。天长日久,青山渐渐变成一堆堆黄土,全家人失去了生活的依靠,越来越贫困了。

寓言 第四辑

自问自解

　　一天，牛见兔子在雪地里慢慢地跑过来，便嘲笑道："听说你还是个赛跑健将哩，我看言过其实！你怎么跑得比我快不了多少呢？"兔子听了，转动了一下红眼睛说："哦，这个问题你跟我走就能解答。"

　　牛跟兔子走到一个泥坑前，兔子说："你跳下去就明白了。"牛跳了下去，一下子就陷进烂泥坑里，挣扎了半天也没爬上来。兔子说："你不是大力士吗？为什么连爬出这个小泥坑的劲都没有呢？这就是我给你的回答。"

引火烧身

　　有一家老子死时，传给儿子一条生活经验："多一事不如少一事，切记不要引火烧身。"儿子严格信奉老子的生活经验，遇见有打架的就转身而去；碰上有人偷东西就绕道而行。就这样生活了几年，果然风平浪静。他因此而自鸣得意，认为老子的经验确实是安身之法呢。不料有一天隔壁邻居家失火了，他发现后，本想救火，但转念一想："邻居家里无人，我去救火，别人会不会怀疑这火灾是我引起来的？会不会有人误认为我是趁机去偷东西？救火会不会烧伤我自己？"这样一想，他连忙缩回自家屋里，只当什么也没看见。结果，等邻居家的火烧到他家里来了，他再想救也来不及了。

萤火虫和火柴

　　火柴看了一篇《火柴和萤火虫》的寓言后，高高兴兴地跑到萤火虫那里说："你看了那篇寓言没有？它称赞我富有牺牲精神而讽刺你很保守。"萤火虫听了后想了想说："那篇寓言写得不错。但那只是从生活的一个方面去看的。如果从生活的另一个角度去看，就又不同了。比方说如果从我们对世界之夜贡献的光源谁强这一点上看，你也许就不如我。"火柴听了很不服气地说："我发的光焰难道还没你强？我们来比一比！"火柴说完，点燃了光焰；萤火虫也不示弱，发出了光亮。火柴轻蔑地看了看萤火虫一眼哈哈大笑起来："你还和我比？我发出的光焰不知比你要强多少倍呢！"火柴正在得意之际，一阵风吹来，把火柴吹熄了。而萤火虫依然发着光亮。萤火虫照了照黑暗中的火柴说："老兄你的光焰猛看起来是比我强得多，但只是燃烧在表面上的，若有风就要熄灭。而我虽然发出的光亮不大，但那却是发自我心上的，所以我永远也不会熄灭，直到生命的终结。从逻辑上推断，我发出的光亮实际上比你强！"火柴听了不能再说什么，它在黑暗中深思起来。

云和太阳

云穿起五颜六色的花裙洋洋自得。它抬头看了看太阳，想："太阳火辣辣的，太刺眼了，谁愿意瞧它呢？而我千姿百态，多么漂亮，肯定会得到大家的喜欢。"正想着，太阳下山去了，云顿时失去了美丽的色彩。云这才明白，自己的美丽离不开太阳的光辉。

老马迷途

有一个迂腐的书生准备到远处去旅行，便买了一匹老马。第二天，他就骑上老马出发了。不久，在一片大森林里，老马迷路了，驮着书生直打转转，怎么也找不到路。书生正在着急，看见前面有一个樵夫正在打柴，便连忙上前，问清了路，心中仍有疑惑，随后便又问樵夫："书上说老马识途，可这匹马为啥迷了路呢？难道卖马的人骗了我？"樵夫听了，看看老马的牙齿，确实是一匹老马，于是，笑道："老马自己未走过的路，它怎么会识途呢？"